ネガティブハッピー・チェーンソーエッヂ

滝本竜彦

角川文庫 13387

ネガティブハッピー・チェーンソーエッヂ

Originally published 2001 in Japan by
Kadokawa Shoten Publishing Co., Ltd.
This edition is published 2004 in Japan by
Kadokawa Shoten Publishing Co., Ltd.
with direct arrangement by
Boiled Eggs Ltd.

目次

一章

I

雪崎絵理《ゆきざきえり》は戦う女の子だ。美少女戦士なのだ。

セーラー服を軽やかにはためかせて、彼女は戦う。

なんのために？　正義のために。

敵は諸悪の根源、悪の魔人。切っても突いても死なない不死身のチェーンソー男。

ヤツを倒さなければ世界に希望はない。だから雪崎絵理は戦う。オレも戦う。

冬の街を自転車でかけずり回って、しごく真面目に戦っている。

——でもなぁ。

実際のところ、どうなんだろう。

諸悪の根源を倒すとか、正義のために戦うとか、いかにも抽象的で、バカみたいに大きな話で、まるでアニメかマンガだ。

本当はもっと小さくて個人的な話なんだと思うんだけど。

「実際、どうなのかねぇ」隣に立つ絵理ちゃんに、なんとなく声をかけてみる。

「……何がよ」

「いや、やっぱり何でもないです」

あまり刺激しないように、そっとしておくことにした。

戦闘前の絵理ちゃんはいつもピリピリしていて、つっけんどんだ。闇を見つめながらスローイングナイフをもてあそんでいる。あんまりイライラさせると鋭いローキックが飛んでくるので、気をつけなければいけない。

それにしても、やっぱり今夜もすこぶる冷えた。気温は間違いなく氷点下だ。

今日のチェーンソー男出現予定地は、街からちょっと離れた寂れた公園。

オレたちは錆《さ》びたジャングルジムに寄りかかって、寒さに震えながらヤツを待っている。

待ち伏せて、戦うのだ。

毎晩毎晩オレたちはチェーンソー男と戦っている。

雪の夜、月の夜、オレたちは戦っている。

とても非現実的でワケのわからない話だけど。

それでもオレは——どうなんだろう?

「そろそろ来るわよ。ぼおっとしてないで、しゃきっとしてよ」

絵理ちゃんは両手にナイフを装備した。

オレは考えるのをやめ、「怪我しないようにがんばってね」と応援してやった。

＊

たとえばそのころ、オレは沈んでいた。

期末テストが近いこと。

仲のよかった友人が、真夜中の暴走バイク、ガードレールに大激突！　って感じに、あたら若い命を散らしたこと。

そーゆーふうないろいろなことで、オレはだいぶ落ち込んでいた。

そんなある日。

雪の降る寒い夜。

落ち込みついでに、オレはとうとう犯罪に手を染めてしまった。

万引きである。

高級霜降り和牛二キログラムを、深夜営業のスーパーから黙って持ってきてしまったのだ。

万引き。それはとても格好悪い。

いつも渡辺のヤツは、『おい山本、とうとう通算万引き成績、二十万円を突破したぜ』

って感じで自慢してくるが、やっぱりそーゆーのはどうかと思う。

で、そのスーパーからの帰り道。

オレはくれぐれも万引きに味をしめたりしないようにと自分に言い聞かせながら、下宿の裏へと続く獣道を、自転車を押してタラタラ歩いていた。

獣道の中には林に遮られて街の灯《あか》りが届かない。月明かりだけが頼りだ。そのうえ地面はアイスバーンみたいにツルッツルになっている。

滑って転ばないように気をつけて歩いた。

半分ぐらいまで歩いた。

そのときである。

「――――!」

オレは驚いて二十五センチほど飛び上がった。

右の方のケヤキの根元に、何者かが座っていたのだ。

雪の上にぺたんと腰を下ろして、誰かが体育座りしていたのだ。

そいつは無駄に凝ったデザインのセーラー服を着ていた。その特徴的なシルエットは中央高校の制服に間違いない。

有名進学校の女子高生が、どうしてこんな時間にこんな所で体育座りを?

驚く。誰だって驚く。オレも驚いた。

見ると、両手を口元に当てて「はあっ」と息を吹きかけている。

寒いのだろう。

そりゃあ寒いさ。

気温は間違いなく氷点下で、いまも雪が降っている。

真っ黒な髪が背中まで伸びていて、それに、なんというか、か細い感じのする女の子だ。

雪の上で体育座りなんてしてたら、凍死してしまうんじゃないだろうか？　いや、もしかしたらそれが目的とか？

そういえば最近、若者の自殺が増加してるらしい。

だからオレは、勇気を出して声をかけてみた。

「あのう、何してるんですか？」

女の子は口元に手を当てながら、目だけを動かして「じろり」とオレを見た。

「……待ってるのよ」

「な、何を？」

「あたしの敵を」

「はぁ？」

「あなたには関係ない。さっさとどっか行きなさい。でないとあなた——」

オレを上目使いに睨《にら》みながら、その少女は言い放った。

「死ぬわよ」

かなり「微妙」な感じのする女の子だった。

で、オレはその後、素直に立ち去ろうと思った。

「どっか行きなさい」と言われたら、それはもうどっか行くしかない。

だが——自転車を押して、歩き去ろうと一歩足を踏み出したそのとき。

背後から唐突に、何かのエンジン音が聞こえてきた。「ドルルルルルン」って感じの、馬鹿みたいにうるさいエンジン音だ。

「——来た」

彼女は小さく呟《つぶや》き、脇の木に立てかけてあった棒を手に取って立ち上がった。その棒は、か細い女子高生の持ち物としては絶対に似合わない——木目の美しい木刀だった。

なんかただごとではないような気がしてきて、わけもわからずオレは慌てた。

一方、エンジン音のする方を振り返ると、一人の男がこっちに向かって歩いてくるのが見えた。

真っ黒いロングコートを着た、背の高い大きな男だ。

妙な威圧感があった。

そいつは近づいてくる。月の逆光に輪郭だけを浮き上がらせて、なんだか雪の上を滑るように近づいてくる。

男の右手には、月明かりにギラギラと輝く金属製の物体が握られていた。

オレは目を凝らしてそれを見た。

見た。確かに見た。

そしたら、さっきから林の中に鳴り響いているエンジン音の正体に気づいた。

「……ちぇ、チェーンソー？」

男は爆音をたてて回転するチェーンソーを持っていたのだ。

ホラー映画の登場人物か？

ますます状況はわけのわからない危険な方向へと突き進んでゆく。

チェーンソー男はオレの前まで来ると、立ち止まった。そして、ゆらりとチェーンソーを振りかぶった。

助けを求めて女子高生を見ると、彼女は木刀を上段に構えていた。

立ちすくんでいるオレを中心に置いて、二人はじっくり睨みあっているのだった。

何かの冗談かと思った。

だけど木刀少女の顔は真剣そのもので、オレは途方に暮れた。下宿への平和な帰り道が、なんだかオレにはわからない理由で、危険に満ちた人外魔境に変わってしまった。バカみたいだ。

「逃げなさい」木刀少女が言う。

だが、体がすくんで動けない。

「さっさと逃げなさいってば」

その声に促されて、やっとのことで右足を踏み出す。

そしたら、足元の氷に滑って転んだ。

仰向けにひっくり返って、その上に自転車が倒れてきた。腰にハンドルを打ち付けてしまい、めちゃくちゃ痛い。

カラカラ回る前輪のスポークの間から、雲と月と、冬の夜空が見えた。

そして——転ぶ前にオレの首があったであろう空間で、チェーンソー男と木刀少女が激しく切り結んでいた。エンジンの爆音と、木刀が削れるがりがりという音が、オレの頭上で激しく響き、大量の木の粉が顔に降ってきた。

「…………」

オレは雪の上に寝ころんだまま考えた。

たぶんチェーンソー男は通り魔か何かなのだろう。武器にチェーンソーを使うとは、やけにアメリカンテイストあふれる通り魔だが。

そう思ったら、なんか可笑《おか》しくなってきて、ちょっと笑いそうになった。

それからすぐにパニックに陥った。

自転車を思い切りはねのけ、転がって逃げだす。雪の上を節足動物のように移動し、木の陰に隠れる。

おそるおそる顔を出して、木刀少女とチェーンソー男の戦いを見た。長い髪と制服のリボンが、月明かりに蒼《あお》く照らされ揺れていた。

颯爽《さっそう》と木刀を振る少女は、だいぶかっこいい。

――格好いい。

だけどまったく、見とれている場合ではない。

だんだんと木刀少女は押されてきている。当然だ。なんせ相手はチェーンソーなのだ。一般的に言って、チェーンソーは木を切る道具である。だからチェーンソー相手に木刀では勝ち目がない。チョキにパーで勝とうとするようなものだ。

いつまでも、もたない。逃げなければいけない。

「逃げよう！」オレは木の陰から叫んだ。

「だからさっきから逃げなさいっていってるでしょ！」少女も叫び返した。

「いや、だから君も」

「だめ。こいつはあたしが倒さなきゃならないの」

何をわけのわからないことを、この女は言っているのか。

このようなことは警察に任せるべきなのだった。そのために我々国民は税金を払っているのであって。いや、まだ払ってないけど。高校生だから。

「いいからとにかく、早く逃げ——」

「うるさい、邪魔！」

腹が立った。

人がせっかく気を使っているのに、その言い方はなんなのだ。言うに事欠いて邪魔とは、そりゃないぜ。——だが、さっきからのオレの無様なありさまを思い返してみると、確かにそれは邪魔者以外の何物でもないと思った。

腹が立ったおかげで少しだけ落ち着いてきた。

——オーケイ。オレも男だ。か弱い女の子を残して、一人で逃げるってわけにもいくまい。なんかの本で読んだことがあった。人間の真価ってのは、非常事態に置かれたときの勇気の量で決まるのだと。

そう。まさしく今が、真価を問われる非常事態なのだ。

助太刀してやろうと決心した。

見ると、数メートル先の地面に、万引きしてきた牛肉のパックが転がっている。さっきオレの鞄《かばん》からこぼれ落ちたのだ。

今だ。チャンスだ。

「でやあ！」オレは勇ましいかけ声と共に、木の陰から転がり出た。

すぐさま雪の上の牛肉パックを拾い、渾身《こんしん》の力を込めてチェーンソー男に投げつける。

が、空力特性の悪い牛肉パックは目標を大きくそれ、木刀少女の顔に命中。

最悪だ。

「――！」木刀少女は声にならない悲鳴をあげて、大きくよろけた。

そこにチェーンソーが爆音をたてて振り下ろされる。少女は木刀で防御。しかし、もう
ボロボロになっていた木刀は真ん中から折れた。

「あぶない！」オレは叫んだ。

死ぬ。女の子が死ぬ。チェーンソーに頭を割られて死んでしまう。

だが――少女は限界まで体を捻《ひね》った。額のほんの数センチ先を、ぶんぶんうなるチェーンソーの刃が掠《かす》め――

かわした。

少女はそのまま雪の上に倒れ込み、ごろごろ転がってチェーンソー男から距離を取った。

実に華麗で、ちょっと人間離れした見事な体さばきだ。

だけど本当に危ないところだった。とにかく、このままではまずい。

「武器がなくなった。もうダメだ、逃げよう！」

「あなたのせいで！」

「いいからとにかく」オレは少女の手をとって助け起こし、走った。逃げるのだ。

ああ、オレはまるで格好いいヒーローのようだ。ちょっとだけワクワクしてきた。たぶん脳内麻薬の作用で、恐怖心が麻痺《まひ》してきたのだろう。

少女の手をしっかり握り、全力疾走。

だが、追ってくる。走っても走っても、チェーンソーの凶悪なエンジン音は、背後にぴったりついてくる。

「もっと急いで」

「無駄よ。どこまでも追ってくる」

「まさか、ホラー映画じゃないんだから」

と、そのとき。

背後から、地面を何か重いもので叩《たた》いたような、「ドン」という音が聞こえてきた。

「まずい。止まって」少女は急に立ち止まった。

繋《つな》いでいた手を思いっきり引っ張られて、肩がはずれるかと思った。バランスを崩し、またもや転びそうになる。

「ど――」

どうしたの？　と訊《き》く途中で、驚きのあまり口をぽかんと開けてしまった。

空からチェーンソー男が降ってきた。

月を背に背負って、エンジンの爆音を響かせて、十メートルほどの高い高い空中から。

チェーンソー男が降ってきた。

ジャンプして追い越してきたらしい。

さっきの「ドン」という音は、地面を蹴《け》って空に飛んだ音だったようだ。

まるで香港《ホンコン》あたりのカンフー映画だ。オレはチェーンソー男をつり下げているワイヤーを探した。だけどそんなものは、やっぱりどこにもない。

チェーンソー男は空中で体を百八十度ひねってオレたちに向き合い、ふわりと落下してくる。

「そりゃな――」

そりゃないぜ、どうなってんの。と、わめこうとした時、少女が「ごめん」と言った。

そして、オレの背中を思い切り蹴ってきた。

「かはぁ」

口から情けない声が漏れた。

いきなり蹴られた。それは少女の細い足からは想像もつかない、パワー溢《あふ》れるキックだった。オレは逆エビ形に体を反らして、前のめりに倒れてゆく。

チェーンソー男は粉雪を散らして軽やかに着地し、高々とチェーンソーを振りかぶった。

その目の前へと、オレはなすすべもなく倒れてゆく。

高速回転する刃から逃れようと、むやみに両腕を振った。が、ただむなしく空気を摑《つか》むだけで、オレの体は重力に引かれて倒れてゆく。

雪に顔が埋まるのが早いのか？　チェーンソーに頭を割られるのが早いのか？

どっちにしても、殺される。

これは夢だと思った。でも、やっぱり夢ではないと思った。

死んでしまうと思った。だけど死ぬのは嫌だった。

こんな馬鹿馬鹿しい不条理な死に方をしていいはずがなかった。

どうせ死ぬならもっとかっこよく死にたかった。

せめてこの少女を守って死にたかった。

ところが。

守るどころか背中を蹴られた。蹴っ飛ばされた。

明日の朝刊に死亡記事が載ってしまう。学校の朝礼で全校生徒に通達されてしまう。

「大変悲しいことですが、2年A組の山本陽介《ようすけ》君は、チェーンソーを持った通り魔に頭を割られて死にました」

あの影の薄い校長が、体育館で、マイクで。

女子生徒は取りあえず泣いてみたりするんだろう。そして教室のオレの机には、花瓶が。

ああ。

もうだめだ。

だけど死ぬ。絶対死ぬ。完璧《かんぺき》に死ぬ。死ぬというのに、例の走馬燈《とう》は見えない。どうしたことだ。どうなってるんだ？　っていうか走馬燈って何？　何それ。何なの。どうしてオレが死ななきゃ。くそ、あの女、蹴りやがった。オレを囮《おとり》にして逃げるつもりか？　あの女。ひどいよ。それは。だから。

助け——

——空気を切り裂く澄んだ音が頭上から聞こえ、それと同時に、オレは冷たい雪に顔を突っ込んだ。

雪の中からおそるおそる顔を上げると、目の前にチェーンソー男が仁王立ちしていた。その胸には——月光にキラリと光る銀色のナイフが突き立っていた。

少女が投げたのだ。そう気づいた。

鳩尾《みぞおち》のあたりに、根元まで埋まっている。

「……あ、ああ」オレは呻《うめ》いた。

助かった。

どっと汗が噴き出た。

ナイフの軌道上にいて邪魔だったから、少女はオレを蹴倒したのだろう。背中が痛くて、やっぱりちょっとひどいと思ったが、まぁとにかく助かった。

チェーンソー男は死んだ。

真夜中の殺戮者《さつりく》は死んだ。

勇敢な少年少女に倒された。

あぁ正義は勝つのだ。

だが——

そう思ったのも束の間、チェーンソー男は唐突に動き出し、鳩尾に突き立っているナイフを、無造作に抜き取った。

血は流れていなかった。

血は、一滴も流れていなかった。

そのときオレは、初めてチェーンソー男の顔を見た。

それは薄暗くてはっきりとはわからない。年をとっているような、若者のような、曖昧《あいまい》でぼんやりとした、とらえどころのない、顔だ。

どうにも摑みどころがなくて、人間味がない。これといった特徴がなくて、一瞬でも目をそらしたら、すぐにどんな顔をしていたのか忘れてしまいそうだ。その目は別に狂人っぽくもなく、なんといったこともないように、普通に冷静にオレたちに向けられていた。

そうして彼は、右手に持ったナイフを無造作に投げてきた。ピクリと体を動かす間もなく、ナイフはオレの顔のギリギリ横を通り過ぎ、軽い音を立てて背後の雪に突き立った。

その瞬間だった。

真っ黒なコートをひるがえし——彼は飛んだ。

地面を「ドン」という重い音を立てて蹴り、跳躍。

月に吸い込まれてゆくかのように、冬の夜空に溶けてゆくかのように、コートの裾《すそ》から
粉雪をまき散らして、高く、たかく、舞い上がり——

とうとう、見えなくなった。飛んでいってしまった。

「…………」

オレは雪の上にへたりこんだ。

右の頬が温かいものに濡《ぬ》れていた。触ってみると手袋に血が付いた。さっき男が投げた
ナイフが、掠《かす》っていたらしい。

自分の心臓の音が、馬鹿みたいにうるさかった。

「……あなたのせいで逃がしちゃったじゃない」

少女は肩を大きく上下させて荒い息を吐きながら、刺《とげ》のある声で言った。

「い、いやぁ、そんなこと言われても」

とにかく二人とも助かったんだからいいじゃないか。

しかし彼女は一息にまくしたてた。

「あたしが何時間、この林の中であいつを待っていたと思うの？　六時間よ六時間。学校
が終わって放課後になって、それから今までずっとずっと。この馬鹿みたいに寒い中、あ

いつを倒すチャンスを辛抱強くうかがって、このままじゃ凍死しちゃうんじゃないかなって不安になりながら、それでも頑張って待ち伏せしてたのに。それをあなたがぶち壊しにしてくれたのよ。わかってるの？」

なんか知らないけど興奮しているらしい。

「……えーと、いや、それよりもさ。説明して欲しいんだけど」

「何を？」

どう考えてもおかしいことだらけだった。

チェーンソーを持った通り魔ってのは、なかなかに珍しいと思うけど、別にいても悪いわけではない。いや、やっぱり悪いけど。でも、あのチェーンソー男は普通の通り魔ではないようだった。ていうか、人間じゃあないようだった。

そしてこの娘は何者なのか。

「——だから、ほら。どうして君はあいつを待ち伏せしていたのか、とか。それにあの、あいつは何者なの？　ナイフ、刺さったよな。空に飛んでったよな。たしか。……たぶん」

「なんであなたに教えなきゃならないの」

「だってほら。オレ、もう当事者だし。殺されるところだったから。それに君、なんか詳しく知ってるみたいだし」

「イヤよ」

彼女は一言そう言い捨てると、くるりと背を向けて歩き出した。

が、数歩歩いたところで立ち止まった。

「これ、使いなさい。血、出てるから」

スカートのポケットから何かを取り出して放り投げてきた。オレの目の前にふわりと落ちたそれは、ファンシーな感じの女の子っぽいハンカチだった。

あとは一度も振り返らずに、謎の少女は歩き去っていった。

オレは雪の上でしばらく呆《ほう》けていた。

2

数十分後、オレは下宿の自室で焼き肉をしていた。

この下宿は高校生専門みたいなもので、ほとんどの入居者が高校に通う学生でしめられている。田舎の若者が地元の高校に行くのを嫌がって、このちょっとした地方都市の学校に、一人暮らしで入ってくるのだ。

オレも、目の前で肉を食っている渡辺も、その一員である。もっともオレの場合は、親が東京の方に転勤してしまったためでもあるけど。

――そう言えば、なんか近々東京の方に家を建てるとか言って、親が頑張っているらしいのだが、それはまったく、かなりのいい迷惑である。オレはこの一人暮らしを気に入っているのだ。こうやって真夜中に焼き肉なんかができたりするから。

オレは肉を食いながら、さっきの命がけアクションを渡辺に話してやった。

「――という事があったわけよ」

「嘘つけよ」

数分間にわたる身振り手振りをまじえた懸命な説明を、渡辺は一言で嘘と切り捨てた。

あっさり否定しやがった。

失敗したビジュアル系を思わせる渡辺の小憎らしい顔には、オレに対する嘲笑《ちょうしょう》がありありと浮かんでいる。

腹が立った。オレだって、こんな荒唐無稽《むけい》な話を好きでしてるわけじゃないのだ。

「つまんねーんだよ。くだらない作り話はいいから、もっと肉、焼けよな」

「ホントだってば。見ろよ、この顔の傷。その娘からもらったハンカチ。ボロボロの木刀は拾ってこなかったけど、まだあそこに落ちてる」

「焼き肉のタレ、取ってくれ」

「もう少しで死ぬところだったんだぜ」

「死ななくてよかったたな。死んだら焼き肉食えないもんな。しかしうまいな、この肉」

「そりゃそうだ。オレが私服警備員と監視カメラの目をかいくぐって取ってきた、超高級霜降り和牛だからな。――って、そんな事はどうでもいい!」

ジャージ姿の渡辺は、オレの言葉にはまったく耳を貸さずひたすら肉を食っている。

別に、肉を食うのはいい。

あの女の子が立ち去ったあと、自転車と一緒に回収してきたこの肉は、一人で食べるには量が多い。それに米と焼き肉のタレは、渡辺が近所のコンビニから調達してきてくれたものなのだ。『これで万引き総額二十一万円突破だぜ』と得意げに自慢した彼には、肉を食う権利が充分にある。

しかし、オレの言葉をまったく信じてくれないのは、なんとも腹が立った。確かに『勇気あふれる素晴らしいアクションで、オレが女子高生をチェーンソー男から助けたんだぜ』と、多少の脚色はしたのだけれど。

それでも全体的にみれば、渡辺に話したことは、おおむねまったくの真実なのだ。

まぁ、自分で話してても、さっきの出来事は馬鹿馬鹿しくて荒唐無稽だと思う。信じろと言って、はいそうですかと信じる人間の方がおかしい。それはわかっている。

「――だけどそれでもホントなんだってば!」

「窓あけないと。煙、こもってるぜ」しごく冷静に渡辺は言った。

「…………」

オレは素直に部屋の窓を開けた。

木造モルタル二階建て築二十年のこの下宿は、ただでさえ隙間風が入りまくって、いつも冷えびえとしている。そのうえ窓なんか開けていたらますます寒い。

焼き肉は、本当は隣の渡辺の部屋でやりたかった。部屋の中で焼き肉なんかやったら、しばらくは臭いがとれなくなってしまうに違いない。

だけど渡辺の部屋はいつも最高に汚い。まさしく足の踏み場もない。焼き肉をやれるだけのスペースなんか、あるわけがない。

マンガ本にCD、ビデオ、それにギターやら、でかいアンプやら——そんな雑多な物たちが部屋中に散らばっていて、さらにその上に脱ぎ散らかした服やゴミやガラクタがまんべんなく堆積《たいせき》し、嫌な感じの地層を作っているのだ。

一歩歩くごとに何かを踏んでしまう。この前はCDケースを踏んでしまって、その破片が足に刺さって大変だった。

いい加減、部屋掃除しろよなぁ。まったく。

「…………」

それにしても、だ。

オレは全開に開け放たれた自室の窓から、さっきの命がけアクションの舞台である林の方を見た。当然真っ暗で何も見えない。

それにしても――

オレと謎の女とチェーンソー男が、つい数十分前にあそこで動き回っていたとは、ちょっと信じ難いものがあった。

さすがに夢ってことはないと思うけど。だけど現実にしてはやっぱり荒唐無稽すぎる。

オレは窓の側で、割り箸《ばし》を持ったまま考え込んだ。

「落ち着いて座って食えよ」

渡辺にそう諭され、再びホットプレートの前に腰を下ろす。

「確かに、それらしい物的証拠はあるよな」肉を裏返しながら渡辺は言った。

「もしかしたら本当に、山本はチェーンソーを持った化け物と会ったのかもしれない。その化け物と戦う少女に出会ったのかもしれない」

急に譲歩してくる。意外だった。

「だがしかし!」

そこで渡辺は急に力強い声を出した。だがしかし?

「だがしかし、それがどうした? 不死身のチェーンソー怪人。そいつと戦う女子高生。その最高に馬鹿らしいお前の話は、もしかしたら本当のことかもしれない。そんな奴らも、もしかしたら世の中にはいるのかもしれない。だけどそれがどうしたと言うんだ。そんなことはどうでもいいんだ。そんなことは、お前の人生にはもう何の関係もないんだ。それよりもむしろ大切なのは、明日の数学のテストをどうやって乗り切るかということだ。明日のテストに比べたら、チェーンソー男やら、中央高校の戦う女の子やら、そんなのどうだっていいじゃないか！」

渡辺は薄ら笑いを浮かべて、芝居がかった口調で一息にまくしたてた。

オレは急激に脱力した。

そう、確かにテストは大切だ。そして渡辺は、やっぱりオレの言うことを信じてくれてはいないのだ。

「あー、テストね。そうだね。明日テストだったね。でももうこんな時間だし、オレは諦《あきら》めるよ」もう、どうでもよくなった。

「そうか？」

「どうせ赤点とったって追試受ければいいんだろ。それよか早く肉食って、すっきり寝てしまおう」

「……んだな」

オレたちは口を動かすペースを上げた。

瞬く間に高級牛肉とコンビニのパック入りご飯は空になった。

「んじゃ、そういうことで」

渡辺はタバコを一本吸ってから、隣の自室に帰っていった。

オレはホットプレートと食器を片づけ、暖房と照明を消してベッドに横になった。

毛布と掛け布団を頭までかぶる。

「…………」

だけど――どうにも寝付けないのだった。

渡辺は言った。

『そんなことはどうでもいいんだ。そんなことは、お前の人生にはもう何の関係もないんだ』と。

まぁ、確かにそのとおりだ。もう二度とあんな馬鹿らしい出来事には遭遇しないと思うし、したくない。チェーンソーで惨殺されるなんて、嫌な死にかたランキング、そのワースト3にランクインするぐらいの悲惨な死だ。

でも、気になった。

切っても突いても死なないチェーンソー男。やっぱりあいつは人間ではないと思う。

それにあの子は何者なのか。ちょっと人間離れしているほどの華麗な身のこなしで戦った、あの女の子は一体何者なのか。

不思議だった。気になった。

よくよく考えてみると、普通の人間なら一生遭遇しないようなシチュエーションを、オレは今夜体験してしまったわけだ。

——もしかして、これはチャンスなんじゃないだろうか?

唐突にそう思った。

オレは高校生だ。ごく普通の。

毎日の勉強とか、なんやかやの色々なものに追い立てられて、それでも結構楽しく朗らかに暮らしている高校生だ。

取り立てて不満はない。いや、あるけどさ、やっぱり。だけどもそれは、普通の高校生なら誰でも持っているイライラで、「勉強かったりぃなぁ」とか、「受験なんてしたくねぇなぁ」とか、そんな程度の漠然としたものだ。

このまま行けば、たぶんそれなりの大学に入って、無難に卒業して、適当に就職して、なんとなく結婚なんかして、子供を二人ぐらい作ったりして、定年まで働いて——で、結局最後は老後を迎えてゆっくり死ぬ。そんな感じの人生を送るんだと思う。

まぁ別にいいんだけど。そうゆうのも別にいいんだけど。

——でも、やっぱり嫌だ。

暇な放課後、夕日の射し込む学校の屋上で、オレと渡辺はタバコを吸いながら、よくこんなことを話したりする。

『世の中、複雑だよなぁ』とオレは言う。

『なんつうの？　ほら、アレ。イデ――イデオロギー。そう、それ。それが、なんか、崩壊したとかなんとかで、オレたちはもう、何を信じて生きていけばいいのかわからないってヤツ』

『そうか？』と渡辺。

『聞きかじりの難しい言葉を使うなよな。慣れてないのにそーゆーこと言うと、よけえ馬鹿っぽいぞ』渡辺はたしなめるが、オレは気にせず先を続ける。

『その点、昔の人は良かったよなぁ。宗教だか時代の体制だか、なんか知らんけど、そんなのを信じてれば安心できたろうからなぁ。なにが正しくて、なにが悪いことなのか、ハッキリしてただろうからなぁ』

なんか難しい議論をしてるみたいな自分に、オレは少々ノッてくる。

『でも、そのおかげで戦争とかが色々あったんだろ。平和が一番だぜ』渡辺もノリノリだ。

『いや、確かにそうだけどさ。それでも結構幸せだったんじゃないの？　お祭りみたいで。神風特攻とか、結構気分よさそうじゃん。お国のために我が身を犠牲にする自分に酔えて。なんつったって、絶対に正しい正義のために死んでゆけるんだぜ。最高じゃん。命を燃やして悪の鬼畜米英大軍団に一矢報いるんだ。アニメみたいでカッコいいじゃん』

『だからなぁ、お前のようなヤツが軍国主義の、この馬鹿』

おお、なんかオレたちは昔の学生みたいだ。実際それがどんなものだったかはよく知らないんだけど。

頭のハゲかけた政経の先生が、よく授業の合間に遠い目をして話してくれるのだ。俺が若かった頃はいつも政治を議論してたんだぜ、機動隊に火炎瓶投げつけたんだぜ、って。

オレはそんなの馬鹿じゃねぇのと思うけど。

『いや、だからさ。戦争したいとかそういう事じゃなくて。オレたちは残念ながら、昔の人たちみたくバカじゃないからさ。お国のためとか、そういうのが信じられないだろう。かといって国の体制だか社会だかを、悪者と決めつけるのも馬鹿みたいだし。この世界に本当の悪者なんかいるわけないし、正義なんかもどこにも無いって思うし。宗教なんかにはまってるヤツとかも、単なるおバカさんにしか見えないし。……だからさ、アレだ。つまり、なにも信じるものがなくて、不安だ、と。そして毎日の生活に潤いがない、と』

『……まぁ、なんとなく言いたいことはわかるけどな。でも、そういうウダウダした話は、女とでもつきあえば一発で忘れるもんだ』

『つきあったこと無いくせに、聞いた風なこと言うなよな』

『まったく』

と、そんなこんなで、オレたちは軽く笑う。

だけど実際のところ、オレは本当に不安だった。

オレはこの先どうなるのだろう。どうなってしまうのだろう。そんな感じで。

日々の生活は、真綿で首を絞められるような、姿の見えない不安の連続だったりする。

何かをしなきゃいけないような気がするけど、何をしたらいいのかわからない。

何をすれば、それは良い事なのか。オレは何をするべきなのか。

信じるものが欲しかった。これだけは絶対に正しいと思えるような、何かが欲しかった。

でも、あいにくオレは頭がいい。だからこの世にそんなものは、そうそうないってことを知っている。

だけど。

だけどあの少女は、戦っていた。

どう考えても人間ではない、悪者っぽい怪人と戦っていた。チェーンソー男は、本当の悪者に見えた。そいつと戦っているあの子が、ちょっと羨《うらや》ましかった。

だから、これは、チャンスなのだ。

オレもあの女の子の仲間に入れてもらいたい。一緒に戦わせて欲しい。

オレは、悪の怪人と戦って、少女を守って、そして――

今日はめちゃくちゃ怖かったけど。チェーンソーに首をちょん切られるのはやっぱり怖いけれど――

だけども、それでも、死んでしまったって、いいのだ。

悪と戦ってかっこよく死ねるのなら、オレの人生は、それでオールオッケーなのだ。

3

翌日、オレは中央高校の校門前で、名も知らぬ女子高生を待ち伏せていた。ヒントは彼女の着ていた制服だけで充分だった。あの不必要なまでに洒落《しゃれ》たデザインの制服は、中央高校のものだ。見間違えるわけがない。

この中央高校は、オレの通っている南高から自転車でたった五分ぐらいのところにある。六時間目の数学のテストをほぼ白紙で提出したオレは、ホームルームを待たずに学校を抜け出してきて、この中央高校校門前で張り込みを開始したのだった。

だからもう帰ってしまったということはないと思うんだけど。

「………」

にしても、彼女は遅い。

終業のチャイムが鳴ってから三十分以上も経ってるのに、出てこない。

下校する生徒たちで、まわりはとても賑《にぎ》やかだ。

オレは一人だけ紺色ブレザーの南高の制服を着ていて、ちょっと身の置き場に困るような居心地の悪さを感じていた。

掃除当番にでもあたっているのだろうか？

別に待ち合わせをしているわけでもなく、オレが勝手に彼女を待ち伏せているだけなのだから、文句を言うわけにもいかないのだが。

「…………」

と、そのまま待ち続けること数十分。ようやく彼女が昇降口から姿を現した。

オレは親しげに声を掛けた。

「やっときた。遅いよ」

「あ、あなた、昨日の。……何やってるの？」

一人校門を出ていこうとしていた彼女は、ふいに声を掛けられて驚いているようだったが、努力を報われたオレは少し幸せな気分になった。

が、しかし。これから一体どうしたらいいものか。

勢いにまかせて彼女を待ち伏せしてみたものの、何を話したらいいのかさっぱりわからない。

『オレもチェーンソー男との戦いの仲間にまぜてくれ』

いきなりそんなことは言えない。

ちょっと迷った。そして、いつかの渡辺の言葉を思い出した。

『女をナンパするときは、とにかく飽きさせちゃいけない。冴《さ》え渡るマシンガントークで常に冗談を言いまくって、それから飯を一緒に食いに行け』

女にモテるとは到底思えない渡辺の言葉を信用して良いものなのか、そもそもオレはナンパをしているのか、それはなかなかに難しいところだったが、頼るべきものは彼の言葉しかなかった。

「何やってるのって、そりゃあ。……ストーカー行為を少々ね。昨日会ったばっかりの女子高生をつけ回してみようと」だからこんな微妙な冗談を言ってしまう。

「………」

彼女はうさんくさげにオレを睨《にら》んでいた。

「きょ、今日も行くんでしょ？　チェーンソー狩りに」

「……何よ、そのチェーンソー狩りって」

「だからさ、チェーンソーを持った男を、木刀を持った女子高生が殴る蹴《け》るの暴行で」

「人聞きの悪いこと言わないでよ。それにもう木刀はないわよ。昨日折れちゃったから」

「じゃあ、今日の武器はどうするの？」

「大丈夫、ちゃんと別のを持ってきてるから。――って、あなたに関係ないでしょ。邪魔しないでさっさと帰ってよ」

身持ちの堅い娘だった。

「まぁ、そんな事を言わずに。……お、お礼。――そう！　お礼だ。お礼がしたいんだよ。昨日助けてもらったお礼をね」

「お礼って、何よ？」

「あー、ほら、ご飯でも食べない？　そこのファミレスで。おごるからさ。ね。──あ、そうそう、オレの名前は山本。山本陽介。君の名前は？」

「……雪崎絵理」

「そうかぁ、絵理ちゃんかぁ。素晴らしい名前だね、クールだね、最高だね！……そ、それじゃあファミレスに行こうか。ほら、すぐそこだから」

オレは強引に彼女の手を取って歩き出した。彼女は釈然としない様子だったが、それでも渋々ついてきてくれた。

おお、難関を突破したようだ。ありがとう渡辺。意外になんとかなるもんだな。


そして数分後、オレたちは二十四時間営業のファミレスにいた。

このファミレスは、オレのような貧しい高校生にとっては少々値段が高いのだが、まさか絵理ちゃんを、いつも渡辺と行くような汚い定食屋に連れて行くわけにもいかない。

気の抜けたイージーリスニングが流れている店内に、客はオレたちの他に一組いるだけだった。実に閑散としている。儲《もう》かっているのかどうか気になるところだ。

「えーと、ネギトロ丼と、コーラ」

「あたしはトンカツ膳《ぜん》とオレンジジュース。あ、ご飯大盛りで」

オレたちはピンクのエプロンを着けたウェイトレスに注文した。

「それにしても絵理ちゃん。トンカツとオレンジジュースって、ハイセンスな取り合わせだね」先に来たコーラを飲みながら、そんなことを言ってみた。ご飯大盛りの件については、触れないほうがいいと思った。

「そんなのあたしの勝手でしょ。そっちこそ何よ、ネギトロとコーラって。最悪じゃない」

「…………」

やけに突っかかってくる娘だ。ナンパされて気が動転してるのだろうか。

もっとも、オレもそれほど落ち着いているわけではない。かなり緊張している。昨日会ったばかりの女の子と高級飲食店に二人きりだ。

しかも、それに、まったく、今日、日の光の下で会って初めてわかったけど、絵理ちゃんは予想以上に可愛い子だった。

「いや、ネギトロとコーラも、なかなかね」

適当に返事をして、気を落ち着けるためにポケットからタバコを取り出した。

「ちょっと、あなた高校生でしょ」

そんな殊勝なことを言う。ちょっと感心した。最近の女子高生にしては、真面目で偉いなぁと思った。なんか言葉遣いも丁寧だし、きっと親御さんの教育が立派なのだろう。

まぁもちろん、その程度の優等生ぶりなどに、オレはまったく怯《ひる》まない。むしろ胸を張ってどうどうと答えてやった。

「実はオレ、不良なんだ」

以前、何かの本で読んだことがあったのだ。このような真面目で可愛い娘こそが異性の不良に憧《あこが》れてしまうものだと。

オレは実際のところ、不良とはほど遠い真面目な好青年なのだが、ファーストインプレッションで好感を持たれるためには、ある程度のハッタリも必要なのである。

「…………」

しかし絵理ちゃんは、ぷかぷかタバコをふかしているオレを、「軽蔑《けいべつ》しきった」という目で見つめていた。

「不良って。かっこわるい。バカじゃないの」

「……た、確かに、凄《すご》くかっこわるくてバカっぽいよね」オレはすぐさまタバコをもみ消し、できる限りの爽《さわ》やかな笑みを浮かべてみせた。

「──あ、ところで絵理ちゃん、今、何年生？」さりげなく話題を変える。

「一年よ。一年。高校一年」

「ふーん。オレ、南高校の二年」

「だから？」

なかなかにハイカラな子だ。

「……いや、なんでもない」

日本の縦割り社会構造を気にも留めないとは、なかなかにハイカラな子だ。

「それより、その絵理ちゃんって呼び方、やめてよね」

「なんで？」

「なんだかバカにされてるみたいで腹が立つから」

「そんなことないよ絵理ちゃん。ほら、一緒に死地を潜り抜けた仲だからさ。親しみを込めて」

「なにが死地を潜り抜けた、よ。あなたの投げた肉のせいで死んじゃうところだったんだから」

「いや、アレはゴメン。悪かった。まさか顔に当たるとは思わなかった。いや、でも、オレも死ぬところだったたし。いきなり背中思いっきり蹴られるし。背骨が砕けたかと思ったよ、まったく」

「ああしなきゃ本当に死んでたんだから。感謝してよね」

それは確かに彼女の言う通りなんだろうけど、湿布を貼った背中はまだ痛かった。

「…………」

まぁいい。

さて、そろそろ本題を切り出すことにした。

「……で、どういうことなのよ？　実際」

「何が？」

「何がって、だから、あのチェーンソー男のこととか、全部だよ」

「全部、って言われてもね。話せば長くなるから」絵理ちゃんは、ほんの少しうつむいた。

「長くてもいいから教えてよ」

「…………」

彼女は下を向いて何かを考え込んでいるようだった。

が、数瞬ののち、意を決したように顔を上げた。

「しょうがない、わかったわ。おごって貰《もら》うことだし、教えてあげ」

「ネギトロ丼のお客様」注文を持ってきたウェイトレスが、いつの間にか脇に立っていた。

「あ、はい」オレは小さく手を挙げた。

「トンカツ膳ご飯大盛りのお客様」

「…………」絵理ちゃんは料理の載ったお盆を無言で受け取った。

「ご注文の品は以上でお揃いでしょうか？」

「ええ、オッケーです」

オレたちは無言で料理を食べ始めた。絵理ちゃんは、なんか知らないけど怒ってるようだった。

ガツガツトンカツを食べていた。

トンカツを食い終わり、その後にチョコレートケーキとアップルパイを追加注文して、それを素晴らしいスピードで平らげてから、絵理ちゃんは渋々話し始めてくれた。チェーンソー男のことを。

彼女にとっては話しづらいことであったらしい。だから決意を固めて話そうとした瞬間をウェイトレスに邪魔されて、腹を立てたらしかった。

それでもオレが追加注文をすすめて機嫌をとると、気を取り直してくれた。

「……こんな話、本当は言いたくないんだからね。誰にも喋《しゃべ》らないでよ」

そう前置きしてから話を始めた。

「あいつと初めて会ったのは一ヵ月前。ちょうど葬式の帰り」

「誰の葬式?」

「誰でもいいでしょ。とにかくその夜、あたしは一人で歩いてた。真夜中の産業道路をね」

「あそこ、夜になると全然ひとけがなくなるよね」

「いいから黙っててよ。……車も人も通らない道路を歩いていると、向こうから長いコートを着た男があたしの方に歩いてきた。それがあいつ。あいつはあたしの目の前まで来ると、いきなりコートの中からチェーンソーを取り出したの」

　そして、おもむろにチェーンソーのエンジンをかけると、絵理ちゃんに襲いかかってきたそうだ。

「それでね。笑わないでよ」

「うん」

「あいつと初めて会ったその時に、急にあたしの体が軽くなって、運動神経が良くなったの。昨日見たでしょ、あたしの華麗な動き。だから教科書とノートが入った鞄《かばん》だけでも戦えた」

「なにそれ?」

「よくわかんないけど、とにかくその時、あたし、強くなっちゃったの。ナイフ投げも上手になったし、反射神経も良くなったみたい。……もともと体育はクラスで一番だったけどね」

「……なんか脈絡がなくて、うさんくさい話だなあ」

「だって、しかたがないでしょ。本当のことなんだから。あたしだって何がなんだかよくわかんないよ。だからこんな話したくなかったのに」

「あぁ、はいはい。ごめん。信じます。実際に昨日見たしね。絵理ちゃんの人間離れした身のこなし」

「…………」

絵理ちゃんはじっくりとオレを睨《にら》んでから、話を再開した。

「――でね。戦う力が付いたのと一緒に、わかったの。あいつは凄い悪者で、あたしはあいつの天敵なの。そう、ピンときたのよ。……だからあたしは戦わなきゃならないの」

どこまでも嘘臭い話だった。

「凄い悪者って、なんだよそれ」

「悪者は悪者よ。チェーンソーで襲いかかってくるんだから、悪者に違いないでしょ？……まぁ、自分でもわかってるよ、バカみたいな話だって。だから言いたくなかったんだけど――で、でも、しょうがないでしょうが！　あなたも見ての通り、あいつは本当に人間じゃあない不死身の怪人みたいだし。そいつと戦える力が急にあたしに付いちゃったんだから、あたしが戦うのが普通でしょう？」

「そうかなぁ。危ないから無視したほうがいいんじゃないの？」

「そうもいかないの。あいつがいつどこに出るのか、わかるようになっちゃったから」

「はぁ？」

絵理ちゃんはやっぱりちょっと恥ずかしそうにしながら説明した。

どうも戦闘能力と一緒に、チェーンソー男の出現場所と時間がわかる力が付いてしまったという。ますます超能力っぽくて恥ずかしいけど、と彼女はうつむいた。

まさに超能力戦士って感じだ。確かにそれは恥ずかしい。照れるのもわかる。真顔で話す事じゃない。

「——だ、だけどさ。そんな超能力があるからって、妙な義務感を持つ必要はないだろう。別にほっときゃいいんじゃないの。危険だよ」

「あたしが何もしなかったせいで一般市民が大虐殺されたりしたら、どうするのよ？」

「でも、そんな事件は無かったと思うけど」

「だからそれは、あたしの毎晩の活躍のおかげで。昨日だって、あなた、あたしのおかげで助かったんでしょうが」

「はぁ、なるほど。……でも、別に絵理ちゃんがやらなくても、警察とかに言えば」

「今日の夜、どこそこにチェーンソーを持った不死身の男が現れます——なんて、そんなの信じてくれる人がいるわけないでしょうが」

「まぁ、確かにそうだけどさ。……にしても、やっぱり嘘臭い話だなぁ。なんか」

「だから人に言うのは恥ずかしかったんだってば」

絵理ちゃんの顔は真っ赤になっていた。ホントに恥ずかしそうにしていた。

——と、まぁ、こんな感じで、オレはチェーンソー男と絵理ちゃんのことを聞き出した。

その後ファミレスを出ようとすると、オレは財布の中に百四十円しか入っていないことに気がついた。金をおろすのを忘れていた。

　そこで、恥を忍んで絵理ちゃんに立て替えてもらおうとしたところ、彼女もお金を持っていなかった。

　結局、ちょっとした罵《のの》りあいの末、オレたちは食い逃げしてしまうことになった。

　全速力で走って逃げた。

　背後から怒鳴り声が聞こえてきたが、若者の駿足《しゅんそく》にはかなわない。

「……何考えてるの?……おごってやるとか言いながら、お金持ってないなんて」

「ゴメン。ホントにゴメン。忘れてた」

　気づけばここは通学路の途中にある大きな公園の中だ。

　公園の緑は一面雪に覆われていたが、全力ダッシュをしてきたオレは暑くてしかたがなかった。ダウンジャケットを脱ぐと、体から湯気が立った。

「前科一犯に……なっちゃったじゃ……ないの」

　まだ絵理ちゃんは息を切らしている。

「いや、大丈夫。捕まらなけりゃ別にどうってことは」

「そういう問題じゃなくて!」

　絵理ちゃんは怒っていた。当たり前だけど。

「落ち着こう。とりあえず、ね。深呼吸深呼吸。ほら、夕日が綺麗《きれい》じゃないか。あぁ、白鳥の親子が池の氷を歩いているよ。可愛いね。素敵だね」

なんとかとりつくろおうと、適当なことを喋りまくった。

だが絵理ちゃんは「キッ」と音がするぐらいの鋭い目でオレを睨んだ。

「こ」

「ん？　どうしたの？」

「こ、こ」

「こ？」

「この大バカッ！」

「ぐあっ」

いきなり蹴《け》られた。鋭いローキックがオレの太股《ふともも》にヒット。やはりそれは恐ろしいほどの威力で、オレは空中で半回転し、頭から地面に叩《たた》きつけられた。

「痛ってえ、マジ痛ってえ！」

オレは雪の上で脂汗を流し、のたうち回った。

「ふん。……もういい、行くわ」

絵理ちゃんは雪の上に転がっているオレを見下ろして、そう吐き捨てた。

が、オレはぶざまに這《は》いつくばりながらも、大きな声で呼び止める。

「ちょっとまった！」

「何？」

「今日も行くんだろ？　戦いに」

「関係ないでしょ」

「ところがどっこい、関係はある」

オレは言い切った。ところがどっこいって、いまどきそうゆう言い方はないだろうと頭の隅で考えながら。

「いや、実はさ。手伝いたいんだ。チェーンソー男退治を」

「……あなたには関係ない。邪魔しないでとっとと帰ってよ」

「今日はばっちり邪魔になんないように手伝うから」

「あなたがいるだけで邪魔になるの」

「まぁそう言わずに——」

だけど絵理ちゃんはオレをまったく無視して、公園の池の畔《ほとり》をさっさと歩いていった。

オレは慌てて立ち上がり、絵理ちゃんの一メートル後方を、片足でぴょんぴょんついていった。逃がしはしない。

——と、二十メートルほど歩いたところで彼女は急に立ち止まり、オレを再び鋭く睨んだ。

「そんなに死にたいの？」なんか真剣な声だった。

「……いや、たぶん、そんなワケはないけど」いきなり飛んでくるかもしれないローキックに備えながら答える。

「あいつはね、あなたの考えてるような生やさしいものじゃないの。怖いものなの。毎回命がけで戦って、何回致命傷を与えたと思っても平気な化け物なの。あなただって、昨日死ぬかもしれなかったのよ」

絵理ちゃんは、やっぱり致命傷だの、化け物だの、死ぬだの、そんな非日常っぽい単語を口に出すのが恥ずかしいのか、小声で、だけど真剣な顔で言った。

「うん。まぁ、それはわかってる」

「ならなんで」

「役に立ちたいから、絵理ちゃんの」

真面目な顔で答えてみた。その言葉は、まぁ、それほど嘘ではない。

「……バカじゃないの」絵理ちゃんは背を向けて歩き出した。

オレは蹴られた右脚をひきずって、なおもしつこく絵理ちゃんを尾行しながら、鞄《かばん》から一脚を取り出した。

「ほら、これがオレの武器。どうよ？」

絵理ちゃんの目の前に回って、見せびらかしてやる。

一脚とは、カメラの撮影に使う三脚の、文字通り脚が一本しかついていない物のことだ。

普通はスポーツ撮影などに使うカメラ用品である。写真も趣味のひとつにしている渡辺から借りてきたのだ。

一振りすれば、まるで特殊警棒のように伸びる。脚の部分はチタン製。その先端についたアルミダイキャスト製の雲台は、どっしりしてて、とても頼もしい。

「木刀より強いぜ」

「……死んでも知らないからね」

絵理ちゃんはオレから目をそらしたまま、そう呟《つぶや》いてくれた。

4

チェーンソー男退治に参加させてもらえるようになったのはいいのだが、やっぱりオレの一脚はそれほど役に立たなかった。はっきり言って全然役に立たなかった。雪崎絵理とチェーンソー男の戦闘に、オレの付け入る隙は、なにひとつ、無かった。

オレの仕事は——自転車の運転手。ただそれだけである。

学校が終わると、オレはすぐさま中央高校の校門前まで自転車を走らせ、絵理ちゃんを待つ。

絵理ちゃんが来ると自転車の後ろに乗せてやって、超能力だかなんだかの指示に従って、ひたすらペダルを漕《こ》ぐ。

「ほら、もっと頑張ってスピード出してよ」

「雪道二人乗りは無謀だってば」

「文句言わない」

「転んでも知らないぜ」

「大丈夫。転んでもあたしは華麗に飛び降りるから。怪我するのはあなただけよ」

　雪道自転車二人乗りは、マジできつい。

　で、絵理ちゃんが予知した場所に到着すると、あとは辛抱強く待つ。チェーンソー男が出現するのをひたすら待つ。

　季節は冬である。寒くて寒くて仕方がない。

「なんで正確な出現時間がわからないわけ？」

「しょうがないでしょ。そういうものなんだから。一日単位でしかわからないの」

　そういうものらしい。

　しかし正確な時間はわからないが、チェーンソー男の出現するのは、いつも決まって深夜のことだった。


　毎晩の戦いに少しだけ慣れてきた頃、吹雪が吹き付けるデパートの屋上にオレたちはいた。

給水タンクの陰で風と雪を避けながらも、絵理ちゃんは寒さに震えている。やっぱりスカートは脚が冷えるのだろう。スカートのポケットに手を入れて身を縮めながら、カチカチ歯を鳴らしていた。

「コーヒー飲む？」

オレは鞄から魔法瓶を取り出し、絵理ちゃんに差し出した。

「……あ、ありがと」

こういう細かいところでポイントを稼いでいこうと思った。でないと、いつまた邪魔にされて、帰れって言われるかわかったもんじゃない。

温かいコーヒーを飲みながら談笑して（笑っているのはオレだけだったが）などんでいると、唐突にチェーンソー男は隣のビルから跳んできた。

オレはもう、それほど驚かない。

絵理ちゃんはすぐさま魔法瓶をオレに手渡し、チェーンソー男の前に躍り出た。

低い姿勢からナイフを一度に四本ほども投げる。それも、正確にチェーンソー男の動きを読み、一本を避けても他のナイフに当たるような、ある程度ばらけた位置に。

神業だった。

だけどチェーンソー男は逃げない。ただチェーンソーの腹で、ナイフを弾《はじ》き落とすだけである。軽々と。

しかしその隙に、絵理ちゃんはツルツル滑る屋上をダッシュ。一気に間合いに飛び込むと、スライディング。

ナイフをすべて払いのけたチェーンソーのギリギリ下をくぐり抜け、新しく両手に持ったナイフを、急角度でチェーンソー男の心臓めがけて投げつけた。

一本は落とされたが、もう一つは命中。

斜め四十五度の角度で、正確に心臓に突き刺さっているように見える。しかしチェーンソー男は、あんまり痛くなさそうにナイフを引き抜き、無造作に捨てた。

そして結局いつものように、屋上のコンクリートを蹴《け》って空に飛んでいってしまう。

やはり今夜も最初から最後まで、オレは一脚を持って給水塔の陰に突っ立っているだけで。

「いやぁ、オレ、暇だったよ」

「だからあなたなんて、役に立たないって言ったでしょ」

「でも、ほら。遠くから心の中で応援したし」

そしてまた、ある日のこと。

日本海に面した自殺の名所の崖《がけ》っぷち。真っ黒い夜の海から、痛いほどに冷たい風が吹き付けてくる。岸壁に叩《たた》きつけられる波の音も、だいぶ怖い。

その日の絵理ちゃんのサブウェポンは、昔の不良みたいな自転車のチェーン。

そのチェーンをチェーンソー男の右足首に巻き付け、一気に崖から振り落とす。さらに、海に向かって真っ逆さまに墜落していくチェーンソー男に、むやみにナイフを投げまくる。

全身にナイフが刺さったチェーンソー男は、一直線に日本海の荒波に落ちていくかと思いきや、岩肌にチェーンソーを突き立て、落下を止めた。

そんな馬鹿な。

で、チェーンソーを引き抜くと同時に岩のわずかなでっぱりを蹴り、いつもと同じく空へと飛んで、あっさりと逃げていく。

あぁ、超能力バトル。

「なぁ、チェーンソー男って、本当に倒せるの？」

「あたしに訊《き》かれたって知らないわよ」

絵理ちゃんの基本武装はナイフだった。制服の袖《そで》の下、両手首に四本ずつ革のベルトでセットしてあるのだ。

そのナイフをポンポンポンポン投げるものだから、すぐに切らしてしまう。もちろん戦いが終わった後に拾うんだけど、なにぶんいつも戦闘は深夜だから、なかなか見つからない。

　一緒にミリタリーショップに買い物に出かけたりした。

「しかし、こう毎日毎日ナイフ買ってると、店の人に何者だろうって思われるだろうね」

「とっくに思われてるわよ。この前なんか、『ようナイフのお姉ちゃん、今日もナイフ買うのかい』って店のオジサンに言われて」

「ナイフ代もバカになんないね。安いスローイングナイフとはいえ」

「まったくよ。……そうだ、山本くんもなんか買ったら？　いざというときのために」

「何がおすすめ？」

「取りあえずこの、空軍払い下げのヘルメットなんかどう？　かっこいいよ」

「バカみたいだ」

「ホントにね」

　二人で、笑う。

　なんとか誕生日を聞き出したので、プレゼントを贈ったりもした。

「はい、プレゼント。ハッピーバースデートゥーユー。十六歳おめでとう」

「な。なにこれ」

「鎖かたびら。あの店に忍者グッズがディスプレイしてあったろ。それを売ってもらったんだ」

「なんで高いお金出してこんなもの買うのよ？」

「それほど高くなかったし、喜ぶ顔が見たくて」

「……はいはい。ありがとう」

「これで防御力、大幅アップだぜ！」

「こんなものを着て、外を歩けるわけないでしょうが。恥ずかしい」

「まぁそうだけどさ」


大雪の日も、荒れ狂う吹雪の日も、オレたちは絵理ちゃんの予知に従って街中をかけずり回った。

チェーンソー男の現れる場所には、まったく脈絡がない。

港の倉庫の裏。学校の裏庭。廃線になった駅のホーム。錆《さ》びたジャングルジムのある寂れた公園。

絵理ちゃんを自転車の後ろに乗せて、オレは毎晩ペダルを漕ぐのだ。

「移動手段としては、山本くん、便利ね」

「……だから……言ったろ。オレは役に……たつって……」

雪道を自転車で走るのは、ひたすら息が切れる。

雪が解けたら、少しは楽になるのだろうか？

ていうか、来年の春になってもオレたちは毎晩こんなことをしているのか？　決着はいつになったらつくんだろう。いや、そもそも決着なんてものが本当に存在するのか？

――まぁ、ダラダラ毎晩チェーンソー男と戦うのも、それはそれで面白い。絵理ちゃんはどう思ってるのか知らないけど。

チェーンソー男は切っても突いても一向に死にそうになかった。オレたちも、最近はさほど危険な目にあっていない。絵理ちゃんは充分に強くて、オレはただそれを見守るだけ。緊迫感は、もう、どこにもない。

しかし戦闘に慣れるにつれ、この状況の荒唐無稽《むけい》さが、なんとも不思議に気になってしまう。

よくよく考えれば、不死身のチェーンソー男はとんでもない存在なのだった。ほんものの超常現象だ。本当の怪人なのだ。そんなヤツと毎晩ちまちまと戦っているオレたちは、一体何をやってるんだろう。

もっと他にやるべきことがあるのではないか。しかるべき所に報告するとか。偉い人に教えるとか。そんな感じの現実的な対処方法があるのじゃあないだろうか。

――だけど、チェーンソー男自体が充分に非現実的で、だからオレたちもそれに合わせるしかないのかもしれない。そうも思う。

ぼちぼちと毎晩の戦闘を繰り広げるオレたちであった。一向にチェーンソー男を退治できる見込みはない。でも、オレはそれなりに楽しんでいたし、絵理ちゃんも焦ってはいないようだった。

二　章

I

毎晩チェーンソー男と戦っているとはいえ、オレはあくまで一介の高校生だ。

高校生なので、いろいろと面倒なことが身の回りに起こる。

たとえばテスト。

「……もうダメだ。もうダメだ！」

オレは数学の教科書を畳の上に放り投げた。

明日のテストに備えて勉強してみようと思ったのだが、出題範囲のページをめくってみたら、そこにはいままで一度も見たことがない記号が出現していた。

現在、午前零時。

隣室からは、薄い壁を通して渡辺のイビキが聞こえてくる。

チェーンソー男との戦闘をこなしてきたあとなので、どっぷり疲れてもいる。

いまから朝まで勉強なんてできるわけがない。

勉強したとしても、これはもう、どっちにしても赤点に決まってる。もともとオレは数学が苦手なのだ。

真面目に授業を受けなかったツケ、というヤツなのだろう。

前回のテストでも二十四点という素晴らしい点数をとってしまったオレだったが、今回のテストでは、さらに酷《ひど》いことになりそうだ。

「………」

しかし、それにしても、前回に続いて今回も赤点をとってしまったら、それはもう、かなり大変な気がする。

加藤先生は、それはそれは仕事熱心な人だ。間違いなく追試を命じてくるだろう。

追試では八十点以上が合格となる。それ以下だと、もう一度日を改めて追試。それでダメなら、さらに追試。延々延々とそれが続く。先生も大変だろうがオレも大変だ。そんなのはイヤだ。あぁ。

かなり激しい不安が、オレを押し潰《つぶ》そうとしていた。

おそらく加藤先生は、テストを返却するときに、わざと大声でオレの名を呼ぶことだろう。

『山本ぉ！』

そうしてオレは、顔を伏せて教壇に向かうのだ。

『こんな酷い点数、なんのつもりだぁ？　この前も赤点だろうが』

逃げ出したい。しかし、逃げ場はない。

『十四点！　十四点！　こりゃあビックリだ！』

教室がざわめく。皆がオレを嘲笑《ちようしよう》している。

……あぁ、どうしよう。どうしよう。

「…………」

オレは石油ストーブを消して、ベッドに横になった。

隣室からのイビキに邪魔されない快適な睡眠のために耳栓をして、枕元のデジタル目覚ましをワンタッチでセット。

天井の蛍光灯から伸びたスズランテープを引っ張り、照明を消した。

＊

翌日。

やっぱりというか、予想通りというか、テストの結果はさんざんだった。問題のほとんどに見知らぬ記号が使われていたのだ。後で渡辺に聞いた話によると、それはシグマという名前だったそうだ。

一問もわからなかった。どうやらオレは、生まれて初めての零点をとってしまったらしい。

これじゃあまるで、落ちこぼれだ。

「まるで、じゃないだろう。まるっきり落ちこぼれだ」帰りのホームルームが終わった教室で、床のモップがけをしている渡辺がぼそりと呟《つぶや》いた。

「いいんだよ！　オレは文系なんだから」

「この前の英語も赤点だったろうが。国語の漢字テストでも、いっつも先生に怒られてるだろうが」

「…………」

オレは教科書とノートを鞄《かばん》に詰め込むと、教室を出た。

中央高校へと自転車を走らせる。

「どうしたの？　山本くん。なんか鞄がいっぱいだけど。いつもはスカスカなのに——」

中央高校の昇降口からいつものように現れた絵理ちゃんは、オレの姿を見るなりそんなことを言った。

「いや、普段は机に勉強道具入れっぱなしなんだけど、そろそろ今日からオレも真面目に勉強しようかな、と」

「山本くん、見るからに頭悪そうな顔だものね。ちゃんと勉強しないと大変だよ」

平気な顔をして、酷いことを言う女だ。

オレは反撃してやった。

「……絵理ちゃんはどうなんだよ？　毎晩毎晩遅くまでチェーンソー男と戦って、本当は留年が近いんじゃないのか？」

その言葉は、なぜか予想外にヒットした。

「そ、そんなわけないでしょうが。ただ、今日はちょっと調子が悪かったから、ほんの少し佐々木先生に叱られただけで──」訊《き》いてもいないことを弁解してくれる。

あからさまに動揺していた。視線があちこちに泳ぎ、落ち着かない。

「あたしは本当は、すごく成績が良いんだけど、やっぱり、ほら。遅くまで戦ってるから、なかなか勉強の時間がとれなくて──」

「……つまり絵理ちゃんも、実は結構、頭が悪かった、と」

その瞬間、オレの太股《ふともも》にビシッと音を立ててローキックが命中。オレは自転車ごと雪の上に倒れ込んだ。

「痛ってえ！　いきなり蹴《け》るか？　この──」

「ちょっと待ってて。あたしも教科書とってくる」

絵理ちゃんは校舎の方に向けて駆けだしていった。

「…………」

最近、それなりに絵理ちゃんとうち解けてきたのは良いことなのだが、そのぶん、ローキックを喰《く》らう回数が増えてきたような気がする。あの女、自分の蹴りの威力を正しく理解していないらしい。ことあるごとに右脚が飛んでくる。

「……痛てぇ」

下校する中央高校の生徒に物珍しげな視線を投げかけられながら、オレはローキックの痛みに脂汗を流していた。

しばらくすると、絵理ちゃんが戻ってきた。

通学鞄がぱんぱんにふくれている。

「じゃ、行きましょ」

「どこへ？」

「近くの図書館」

「はぁ？」

「いいから早く、自転車出して。時間がもったいないんだから――」

絵理ちゃんが言うには、いままでのオレたち、あまりに時間を無駄にしすぎていたらしい。

チェーンソー男が現れるのは、早くても午後九時。経験上、オレたちはそれを知っている。

「だけどそれなのに、放課後になったらすぐに戦闘予定地に向かうなんて、そんなのすごい、時間の無駄でしょ」

自転車の後輪ステップに立ち乗りしている絵理ちゃんは、非難がましい口調で言った。

――どうしていままで、これほどまでの時間の無駄に気づかなかったの？　と、問いつめたいらしい。

「オレの責任じゃないだろう。オレは単なる絵理ちゃんのアシスタントであって、方針を決めるのは絵理ちゃんの仕事だ」

「言い訳しない。――とにかく、今日からはもっと、時間を有効に使うからね。まずは図書館で夜まで勉強。頑張りましょう」

「オレも？」

「うん。勉強会だから。きっと二人で勉強した方が、効率いいでしょ」

そんなわけないだろう。どうせ途中で勉強が嫌になって、ダラダラおしゃべりでもしてしまうのだ――と反論しそうになったが、オレは慌てて口をつぐんだ。

いいじゃないか。おしゃべり。

雪の積もった公園でガタガタ夜まで震えているのに比べたら、五百倍ぐらい素晴らしい時間の使い方だ。

それに——そう、図書館。

夕日の射し込むひとけのない図書館。

差し向かいに座って、お互いのことをいろいろ話したり、こう、ふとした瞬間に目が合ったり、それで絵理ちゃんは慌てて目をそらすのだが、なぜか顔を赤くしていたり——

完璧《かんぺき》だ。

最高だ。

いままではチェーンソー男に気を取られすぎていて、個人的なことを話す機会にはあまり恵まれなかったのだが、いまこそチャンスだ。オレの素晴らしい話術で、そろそろ絵理ちゃんをメロメロにしてやるべきだろう。

さて、そうと決まれば、オレは一体どんなことを話すべきか。

オレは絵理ちゃんのナビゲートにしたがって自転車を走らせながら、図書館で用いる話題を必死で模索した。

「…………」

まずはともかく、オレに対する尊敬の念を抱かせてやるのが最も大切なことだろう。

これ以上ローキックで蹴られたくはないのだ。

そのためには、オレの溢《あふ》れんばかりの知性を披露し、『凄《すご》いんだね山本くん』と言わせてやることが必要だ。

オレはこれでも結構な読書家である。渡辺がスーパーの二階の本屋から持ってくる小説なり漫画なりを貸してもらって、だいぶいろいろ、本を読んでる。

すくなくとも絵理ちゃんよりはモノを知ってるはずだ。

その雑学なり知識なりを、自然な流れで大量にばらまき、その結果、絵理ちゃんはオレの凄い知性にびっくり驚き、もうメロメロ――

そうだぜ。オレの隠れた一面を見せてやる。頭のいいところを見せてやる。

惚《ほ》れさせてやる。

見てろよ。


数十分ほど自転車を走らせると、立派な建物の市役所に到着。ここの三階に図書館があるらしい。

「こっちよ」と絵理ちゃんはすたすた歩いていくが、オレは自転車を駐輪場に停めて来なきゃあならない。

「あたし、先に行ってるから」

絵理ちゃんはオレに目もくれず、市役所の正面玄関の中へと姿を消した。

「…………」

まあいいさ。もう少しの辛抱だ。

どんなに生意気な女でも、ひとたび恋に落ちてしまえば、それはもう、どうとでもなる。この前読んだマンガに、そんなことが書いてあった。

オレは狭い駐輪場に自転車を押し込んでから、早足で図書館へと向かった。

エレベーターで市役所の三階に到着。そこはどうやら一フロアすべてが図書館として利用されているらしく、結構な広さがあった。

平日の午後なので、客は主婦や老人ばっかりだ。皆、テーブルに腰を掛け、静かに読書を繰り広げている。AVコーナーで映画なんかを観てるヤツもいる。暇そうで、結構なことだ。

オレはきょろきょろと辺りを見回して、絵理ちゃんを捜した。

一番奥まったところに設置されているテーブルに、教科書やらノートやらを広げていた。

オレはシミュレーション通りに、絵理ちゃんの差し向かいに腰を下ろした。

チラリとオレに目をやると、絵理ちゃんは言った。

「あたし、数学が得意。山本くんは？」

「……倫理、かな」

「もう、ふざけないでよ。お互いの得意科目を教えあって、効率よく勉強する予定なんだから。倫理なんて試験に関係ない科目、そんなのどうだっていいの」

「……なら、国語」

「なら、って何よ？」

「それじゃあ、地学」

「…………」

絵理ちゃんはひとしきりオレを睨《にら》んでから、鉛筆を研ぎ始めた。

ノートの上にティッシュを置き、かなり器用にカッターで、細く鋭く研ぎ澄ましている。急所を狙えば簡単に人が殺せそうだ。

「……シャープペンシル、使えばいいのに」

「あたしは鉛筆が好きなの。いいから山本くんは、さっさと勉強、始めててよ」

「…………」

オレは数学の教科書を広げた。数日後に行われるであろう追試に備え、今日の試験範囲の復習などをやってみることにする。

鉛筆を研ぎ終わった絵理ちゃんも教科書を睨んだ。

そうしてしばらくの間、オレたちはもくもくと勉強した。

——静かだった。

じつにいい感じだ。このままこうして勉強を続け、ふ、と絵理ちゃんの集中力が切れた瞬間、そのときがチャンスだ。おしゃべりしてやる。ここでいろいろ話すのが周囲の人に迷惑なら、『ちょっと休憩しようか』などといった感じで談話室に誘い出してやる。

「………」

だが――数十分ほど勉強を続けたところで、オレたちは気づいた。

気づいてしまった。

「山本くん、ここわかる？」

絵理ちゃんは問題集をオレに差し出した。そこには、オレが去年の期末テストでやった範囲の問題が書かれていた。

「……あー。えーと」

「どうしたの？」

「あのさ。いま思い出したんだけど――」

「うん」

「オレ、二年生なんだよな」

「それで？」

「絵理ちゃんは一年生。だから一緒に勉強しても、まったく意味が――」

絵理ちゃんは鞄《かばん》に教科書をしまい始めた。

「ちょっと待って！　せっかくだからもう少し、一緒に勉強――」机から立ち上がった絵理ちゃんを必死で呼び止める。

「勉強するのがダメなら、あそこの談話室でおしゃべりでもいいからさ！」

「……夜の七時ぐらいになったら、家に迎えに来て。それまでひとりで勉強してるから」

絵理ちゃんは足早に図書室から出ていった。

＊

現実逃避という言葉がある。

どうしても立ち向かわなきゃいけない現実の厄介ごとから目を背け、何か他の、もっとラクで楽しいものごとに逃げ込んでしまう——それが現実逃避だ。

オレたち若者は、往々にしてその罠《わな》にはまりがちである。

明日テストがあるというのに、部屋の大掃除を始めてみたり、テレビ観賞に精を出してみたり、急に筋トレを始めたくなったり——十七年間生きてきたオレは、現実逃避の思い出にことかかない。

刻一刻と迫ってくるテストの時間。だけど一向に勉強をやる気にはなれない。そのくせ、なぜか地球の環境問題や世界情勢などに壮大な思いを巡らせてしまったり、挙げ句の果てには、数億年後の未来を想像して「どうせこの地球だって、太陽が超新星爆発を起こしたら木っ端みじんだ。だから明日のテストなんてどうだっていいんだ！」などという独り言

やらの面倒くさい物事からの、若者らしい現実逃避だったのかもしれない。

こうやって、毎晩毎晩チェーンソー男と戦ってるのも、つまるところ、テストやらなにだから、もしかしたら、これも、それと同じようなことだったのかもしれない。

を呟《つぶや》いてみたり——と、そーゆーことが、よくある。よくあった。


「…………」


——などという、ちょっと難しい内省的なことを、オレはぼんやり考えていた。髪をなびかせて格好良く戦う絵理ちゃんを眺めながら。

今夜の戦場は、絵理ちゃんの家のすぐ近くにある小さな児童公園。

ペンキが塗り替えられたばかりのベンチに腰を下ろして、ぷかぷかタバコなどを吹かしながら、戦闘が終わるのをのんびり待つ。

おっと、ようやくナイフがチェーンソー男の心臓に命中だ。

「……はぁ。……はぁ……つかれた」

戦いが終わった絵理ちゃんは、肩で息をしている。

「どうぞ。飲んでください」オレは前もってコンビニから買ってきた、スポーツドリンクのボトルを差し出した。

「……ありがと」

さらにオレは、ごくごく喉《のど》を鳴らして水分補給している絵理ちゃんに、さっきまで考えていたことを話して聞かせた。

「──と、こんなことを考えたんだけど、どうだろう？」

「んん？」

手の甲で口元を拭《ぬぐ》った絵理ちゃんは、「山本くんが何を言いたいのかわからない」という顔をした。

オレは詳しく解説してやった。

「いや、つまりね。いままで絵理ちゃんは格好いい美少女戦士として楽しげに戦ってきたけどね、やっぱりオレたち高校生だからさ。勉強、しなきゃ、ダメなんだよ」

「……わかってるわよ」

「わかってない。絵理ちゃんはぜんぜんわかってない。今日だってさ、オレに言われるまで、自分の成績の悪さに気づいてなかったじゃないか。絵理ちゃんは無意識の内に、勉強のことから目をそらしてきたんだよ」

「…………」

「だからね。──自分は正義の美少女戦士だから、勉強なんて、二の次！っていう考え方、それはもう、完璧《かんぺき》に間違ってる。ここらへんで思いを改めないと、そろそろ本格的に留年するぜ」

「……あたしは勉強、してるわよ。──ほら、今日だって、ちゃんと図書館から帰って、山本くんが家に迎えに来るまで、しっかり沢山勉強したもの」

「それは今日たまたま、オレという親切な人間の指摘のおかげで、自分の成績の悪さを思い出せたからだ。そんな急な心変わり、長く続くわけがないんだよ。どうせ明日になったら、いつもと同じように、夜までナイフをいじくってるだけだ！」オレは強く言い放った。

「…………」

絵理ちゃんは肩を落としてうつむいた。どうやら自分の過ちに気づいてくれたらしい。

——いい感じだ。ここまでは思惑通りである。

「だからね、絵理ちゃん——」

オレは優しい声で、最後の一押しを畳みかけた。

「明日からはさ、オレと一緒に勉強しないかい？　ほら、たとえ学年が違ったとしてもさ。一緒にいるというただそのことだけで、お互いの励みになったりするものだよ。……あぁ、でも、図書館ってのはちょっとアレだよね。人が沢山いるから落ち着かないよね。——そ、そうだ！　いっそのこと、オレの下宿で一緒に勉強ってのはどうだろう？　オレの部屋でさ、夜までさ、一緒に勉強。素晴らしい計画だと思わないか？　すごく良い発想だと思わないか？　ね。どうだろう？」

「…………」

「ぐあっ！」

絵理ちゃんはオレにローキックを喰《く》らわすと、ひとりでさっさと歩いていった。

「明日からはずっと、家に七時に迎えに来てね。——ちゃんと勉強、するんだから」

それだけを言い残し、夜の闇に、消えた。

2

ローキックの痛みというものは、時間が経ってもなかなか消えない。酷《ひど》いときは三日間ぐらいも後に残る。

今朝も左の太股《ふともも》が痛い。オレは患部に湿布を貼ってから制服の下だけを穿《は》き、スリッパをつっかけて自室を出た。

真っ白な朝日の射し込む下宿の廊下は、ひたすらに冷え込んでいた。暖房設備が皆無なので、屋内だというのに気温が氷点下に近いのだ。

血圧の低い寝起き直後だということもあって、オレはさっそく、げんなりした。今日一日を元気に過ごしていく自信がなくなった。このまま回れ右をして自室にとって返し、ベッドに潜って寝てしまいたくなった。——が、オレはやっぱりそんなことはしない。オレは立派な若者なのだから。渡辺とは違う。

渡辺のヤツは『眠い』『だるい』『なんとなく疲れてる』『憂鬱《ゆううつ》だ』などといった適当な

理由で、しょっちゅう学校を休む。出席日数の計算はばっちりやってるらしいが、それでもかなりの欠席率だ。オレはそんな自堕落な男と違う。

「……違うんだぜ」

「何が？」洗面所の脇のトイレから出てきた渡辺は、眠そうな目でオレを見た。

オレは答えず、顔を洗いはじめた。

このボロ下宿、洗面所では水しか使えない。蛇口から出る水は死ぬほどに冷たくて、老人ならば、水に顔をつけた瞬間、心臓麻痺《まひ》でぽっくりいってもおかしくない。が、何事も気合いである。五秒で洗顔を終え、タオルで顔を拭《ふ》く。

目を開けると、渡辺は、もう、いない。

オレもそのまま階段を下り、一階の食堂へ向かった。

立て付けの悪い引き戸をがらがらと開け、下宿のお姉さんに「おはよーございます」と爽《さわ》やかな挨拶《あいさつ》。

「はい、おはよう」

お姉さんが手早く入れてくれた味噌汁《みそしる》を受け取り、テーブルへと向かう。

すでに皿に盛られて用意されているおかずと生卵を盆に載せ、業務用の炊飯ジャーから茶碗《ちゃわん》に飯を盛り、テーブルの端に腰を下ろす。

一般民家の居間とさして変わらない広さの食堂に、オレと渡辺と、その他数名の若者が集っていた。

皆、もくもくと朝食を食べている。

会話は、ない。

オレは食堂の隅に設置されている十四インチのテレビを眺めながら、生卵に醤油《しょうゆ》を入れて掻《か》き回した。

「…………」

この下宿には十数名の若者が住み込んでいる。一階は女子、二階は男子。学年も違えば学校も違う若者が、ひとつ屋根の下で生活している。

渡辺とは、たまたま学校もクラスも同じなので親交があるのだが、他の奴らとは、まったく交流がない。というか、名前すら知らないヤツがほとんどだ。廊下ですれ違っても、目も合わせない。それは決して、オレが皆から無視されているということではなく、それぞれが全体的に没交渉な感じなのだ。

この住人間の孤立状況が、オレの下宿に特有のものなのか、それともどこでも、こんなものなのか、オレはそれを知らない。まぁおそらく、オレたちの世代に共通的なものなのだろうと思う。

めんどくさい人間関係がないというのは、それはともかく、ありがたいことだった。

「ごちそーさまでした」と、空になった食器をお姉さんに渡し、一度二階に戻る。

歯を磨き、身支度を整え、下宿を出た。

たまたま渡辺と時間が合ったので、一緒に自転車で登校する。

「今日、体育だろ。やっぱり雪上サッカーかね?」

「やべ。ジャージ忘れた」等々の会話を交わしながら、ペダルを漕《こ》ぐ。

歩道一杯に並んで歩く邪魔な女子高生をベルで威嚇し、転倒防止のためにサドルを目一杯まで下げた自転車で雪道を疾走。

とはいえ、今日は時間に余裕があった。

途中でコンビニに寄り、サンデーとマガジンを購入した。

*

四時間目の、数学の授業だった。

オレは、いつも不思議に思うことがある。

こうやって、教壇の前に引っ張り出されて怒鳴りつけられると、いつも考えてしまうことがある。

「山本ぉ、お前なぁ、そんな態度で、この……反省……いい加減に……」

加藤先生は怒っていた。当たり前だ。授業中にマンガを読まれたら、それは当然、教師ならば誰だって腹が立つだろう。

——が、しかしだ。オレは不思議に思ってしまう。それはどこまで本気の怒りなのだろう？　そんな疑問を不思議に思う。

加藤先生の、この怒り。

加藤先生はひとりの人間として、心の底から腹を立てているのか。それとも教師という職業の職務を、ただただ忠実に果たしているだけなのか。

どうなのだろう？

「…………」

訊《き》けるわけがない。そんな疑問、問いただせるわけがない。

だからオレは顔を伏せて、ただただひたすらこの時間に耐えるだけだった。

あぁ。クラス中がオレに注目している。

最初のころは、普通に大声で怒鳴られるだけだったのが、最近では教壇に呼び出されて皆の目の前で怒られる。精神的に、これはきつい。

オレが説教を受けている間、授業が停滞してしまうのだ。これではおそらく皆への迷惑だろう。

ごめん、みんな。

オレは心の中で深く静かに謝った。

しかし、それにしても、加藤先生の説教は長い。同じようなフレーズ（お前のようなヤツがどうしてこのクラスに云々《うんぬん》）が何度もループし、延々延々と繰り返される。その結果、ちょっとした酩酊《めいてい》感まで引き起こされてしまう始末だ。

「…………」

そうやって十分近く説教されているうちに、オレは先ほどの問いに対する答えを思いついた。

どうやら加藤先生は本気で腹を立てているらしい。なぜなら、もうすぐチャイムが鳴る。授業の五分の一程度が、オレへの説教で潰《つぶ》れてしまった。これはもう、教師としてはあるまじき職務怠慢だ。許されざる事だ。

マンガを読んでいたオレも悪いが、怒りに我を忘れた加藤先生だって悪い。

——いいや。むしろオレはそれほど悪くない。加藤先生は大人なんだから、もっとまわりのことを考えるべきだ。

そう思った。

「いや、面白かった。すごく面白かった。授業も潰れたし、お前の悲壮感たっぷりな顔も、だいぶウケた」カレー蕎麦《そば》をすすりながら渡辺が言った。

四時間目の数学が終わった瞬間、オレたちは一階の隅にある学食に走り込んで、カウンターに近い一等席を占拠していた。クラスの男子、その七名ほどが学食組だ。これだけの人数が一緒のテーブルに座るには、やはりどうしても全力ダッシュで席をとる必要があるのだった。

「でも山本君。君さぁ、やばいんじゃないの?」

チャーハンに大量の胡椒《こしょう》を振りかけている久末が、そんなことを言った。

「何が?」

「もうすぐ家庭訪問だしさ。加藤と二人っきりで、じっくり説教されることになるんじゃないの?」

「……あぁ。そうだねぇ」

加藤先生はオレたちのクラス担任でもあった。久末の言葉どおり、期末テスト前の家庭訪問が数日後に迫っている。それはだいぶん、憂鬱《ゆううつ》なことだ。

「俺たち下宿生には訪問される意味がないってのにな。部屋をかたづけるのも面倒だしよ」

渡辺の言うとおりだ。自宅生ならば、その両親と会っていろいろ話したりすることもできるだろうが、オレたちの場合、ただ単に汚い部屋で数十分間、マンツーマンで説教されるだけのことなのだ。なにもわざわざ下宿に来てもらう必要など、どこにもない。

「……まぁ、お茶菓子でも出して、礼儀正しくもてなすさ」

オレはそう呟《つぶや》き、三百円のうどんセット(かけうどんと、鮭フレークのかかったご飯)

をぱくついた。

校舎中から集まってきた生徒たちで、もう学食は完全に満員だ。席に座れず、屋外のテラスなんかに陣取っているヤツもいる。寒くないのか？

ともかく、平和な午後だ。

五時間目は雪上サッカーなので、それまでの短いこのひとときを、オレたちは充分に安らぐべきだった。

賑《にぎ》やかな喧噪《けんそう》にやかましい学食で、オレたちはのどかに歓談しながら飯を食う。

「しかしこの前の模擬で」「偏差値どうよ？」「俺の正拳《せいけん》突きが鳩尾《みぞおち》に」「藤井がさ、なんかあそこで見たって、黒いの」「辛《つら》いって。辛すぎ」「ひろこちゃんが川で走ってたよ」「チェーンソー男が」「だから嘘つけって」「雪上サッカーよ、この前お前が休んだときに山犬が出て」「アレは笑った」「そろそろ行くべ」「五十円貸して」

「——ほら。ちゃんと返せよ」

学食から出たオレは、渡辺に五十円玉を投げてやった。

渡辺はその五十円と、自分のポケットの中から取り出した七枚の十円玉で、廊下の自販機から缶コーヒーを買った。オレは温かい紅茶を買った。

それをちびちび飲みながら教室へと戻る。

女子はもう、体育館に行ってしまった。聞くところによると、バレーをやるという。

オレたち男子は教室でジャージに着替え、グラウンドに向かった。

渡辺は隣のクラスの知り合いからジャージを調達してきたらしい。


そして、なんの滞りもなく放課後になった。

オレはだいぶ暇だった。

ここ数週間、授業が終わるとまっすぐ中央高校に自転車を走らせていたのだが、今日からはそーゆーわけにもいかない。絵理ちゃんの勉強が終わる夜の七時まで、暇を潰す必要がある。

——しかしあの女、本当に家で勉強してるんだろうか。そんなわけはない。どうせ今頃、サボってる。ナイフを研いだりしてるところに決まってる。

まぁ、そんなことはどうでもいいが、ともかく、暇だ。

チェーンソー男との戦いに参加する前のオレは、下宿に帰って昼寝をしたり、渡辺の部屋からマンガを勝手に借りてきたりして、だらだらだらだらと放課後の暇を潰していたのだが——

「…………」

しかし、一度他人と時間を過ごす癖がついてしまうと、ひとりでいるのはなかなかに寂しいものがあった。

そこで今日からは、部活動などに顔を出してみることにした。

一度校舎から出て、文化部の部室が集まっている古びたプレハブ小屋を目指す。

そこの一番隅にある、軽音楽部の部室に進入。

薄暗い四畳半ほどの狭いスペースには、ギターやらベースやら、バカでかいアンプやら、何かのつまみが沢山ついた、わけのわからない機械やらが、ぐちゃぐちゃな感じに散乱していた。アンプとギターを繋《つな》ぐ長いシールドなんかも、床の上で取り返しがつかないほどに絡まっている。

この室内のエントロピーの高さは（物理の時間にこの言い回しを習った）オレのよく知る友人の部屋を容易に思い起こさせた。

「なんだよ山本。何しに来たよ」部屋の奥の机に腰掛け、迷惑そうにオレを見る渡辺。そう。彼こそが軽音楽部の部長なのだった。

「いや、ひさしぶりにオレもギターをかき鳴らしたいな、と思って」

「お前の蚊の鳴くようなチョーキングなんて聞きたくない。あっち行け」

「まぁまぁそう言わずに。——お、このパソコン、誰の？」渡辺の座っている机の上には、一見立派なデスクトップパソコンが載っかっていた。

「俺の私物だよ。兄ちゃんからもらったパーツと、バイトしてためた金で——」

「なんに使うのさ？」

「決まってるだろうが。作曲だよ、作曲。ハードディスクレコーディングってヤツだ。メモリも安かったし、いまが買い時だったぜ」

何のことだかよくわからないが、オレは「凄《すご》いね」と感心してやった。

ちなみに、この部の部員、それは渡辺ただひとりである。数ヵ月前まではオレともうひとりが幽霊部員として大活躍していたのだが、いまではもう、渡辺だけが頑張っている。近々同好会に格下げされるとかされないとか。

ともかく、頑張ることは、偉いことだ。オレは心の中で敬意を表しつつ、アンプの上に腰を下ろした。

ゴミ箱からジュースの空き缶を拾い、タバコに火をつける。

渡辺はオレに背を向けてマウスを握りしめたまま、意味不明な愚痴をこぼしはじめた。

「……お前らみたいな根性無しのダメ人間のせいでなぁ。俺は高い金出してパソコン作んなきゃいけなくなったんだよ。その責任を感じろ」

「はぁ?」話が見えない。

「だから、お前らがヘタクソで、そのうえバンドもやめちゃって、それで俺の作曲活動が大変になって、だからこうやって、ひとりでもなんとかなる電子音楽を――」

「バンドって?　バンドだったのか?　アレは」

「おお、そうだよ。その予定だったよ。俺がボーカルでお前がギターで……」

「で、ベースが死んだ、と」

「……まったく、最悪な話だ」

渡辺は十五インチの黄ばんだディスプレイを眺めたまま、小さくぼそりと呟いた。

オレはアンプに腰掛けながら、背筋を伸ばす前屈運動をはじめた。

「………………」

会話がとぎれる。

小さな窓から斜めに射し込む日光が、ほこりっぽい空気をきらきらと輝かせていた。

一切の暖房設備が存在しないこの部室で、防寒具を着込んだままのオレたちは、しばらくのあいだ無言だった。

ただ、かちかちというマウスのクリック音だけが響いている。

「まったく、最悪な話だ」やがて渡辺は、もう一度その台詞《せりふ》を繰り返した。

「………………」

事の始まりは——オレは健康のための前屈運動を続けながら、それをぼんやり思い出してみた。

……そう。

あれはおそらく花見シーズン真っ盛りのある日のことだった。

渡辺がオレに「お前、ギター買え」と命令してきたのだ。

「坂本リサイクルで、五千円で売ってたから」ぜんぜん説明になっていない。

「なんだそりゃ？　唐突に」オレは呆《あき》れた。

だが渡辺は、かまわずひとりで早口にまくしたてた。

「早く買わないと売り切れるぜ。アンプとエフェクターは俺が持ってるから。——そういえば、能登はベースを買ったってよ。だからほら、早く行こうぜ。金がなかったら貸してやるから。あぁ大丈夫。ギターなんて一カ月も練習すれば誰でも弾ける。——おう。モテモテだぜ。小粋《こいき》なラブソングを弾き語ってやれば、ちょっとヤバイぐらいモテるぜ。それに知ってるか？　この街からはもう、結構な数のバンドがメジャーデビューしてんだ。追いつき追いこせだよ。あいつらの才能なんてたかが知れてる。俺の方が凄い。——おう！そうだぜ、CD出せば、金が儲《もう》かって儲かって笑いがとまんねぇよ。いやマジで。アイドルとも結婚できるから。ほんとに。ほんとだって。俺を信じろよ」

とどまることを知らない渡辺のマシンガントークは、恐ろしいまでの説得力に満ちあふれていた。将来詐欺師になったら、たぶん大成功することだろう。

「マジでモテモテ？　オレでも弾ける？　音楽ぜんぜん知らないんだけど——」

「おう！　ぜんぜん余裕だぜ！」

渡辺は笑顔で太鼓判を押した。しかし、その目は笑っていない。なんだか妙な決意を湛《たた》えていて、ちょっと逆らいがたい雰囲気でもあった。

で、オレは結局、わけもわからないまま聞いたことのないメーカーのギターを購入。

あとでわかったことだが『能登はベースを買ったってよ』というその言葉、それは実のところ、まったくの大嘘で、能登はその数日後になってから『山本はギターを買ったってよ』と説得されたらしい。まったく、ひどい話である。

そうしてオレたちはこの部室に集められて、渡辺の指導の下にギターとベースの練習をさせられることとなった。オレも、能登も、音楽的素養はまったくない。たまに気に入った曲のCDを買うぐらいの、まったくの素人である。

それでもまぁ、一カ月ほども放課後の練習を続けるうちに、簡単な曲ぐらいは弾きこなせるようになった。

ピック飛ばしなんかは、もうプロ級だ。客席のどこにだって、狙い通りに飛ばせるぜ
——

Fのコードを上手《うま》く押さえることは、いまだにできないが。


「……やっぱり、なんかしっくりこないんだよな。機械で作曲するとよ」

渡辺はマウスをかちかち鳴らしながら、そんな聞いた風なことを呟《つぶや》いていた。

今、季節は冬だから、日が暮れるのが早い。

部室の窓から射し込む日差しなんかは、もうずいぶんと赤みがかっている。

遠くの方から野球部の雄叫《おたけ》びなどが穏やかに聞こえてくる、それは静かな夕暮れだった。

渡辺は言う。早口で言う。

「自分で弾いたギターとベースをサンプリングして、ついでに色々音を被《かぶ》せてみたんだが――どうもイマイチ、ピンとこない。選択肢がありすぎるから、なんかどんどん迷走してな。しまいには303のエミュレーターなんかを使って、ウネウネ鳴らしてみる始末だ。――方向性が違うっつーの！」自分で自分につっこんでいるが、オレはどこで笑えばいいものなのか、そもそもこれは、笑うような話なのか、その判別にだいぶ迷った。

「やっぱり人生、音楽だよ。若者は音楽だぜ、ロックンロールだぜ！……しかしなぁ、どうもなぁ。ややもするとテクノ寄りの音が、俺のロックにどうもいまいち――」

なおも渡辺はオレに背を向けたままぶつぶつ呟いていたが、彼の言葉にはオレの知らない音楽用語だかなんだかが頻出していて、よく意味がとれない。

意味がわからないながらも適当な相槌《あいづち》を打っていると――どうやら渡辺は、最近作曲活動に行き詰まっている、と、そーゆーことを言わんとしているらしい。おぼろげながら、そう理解できた。

というか、行き詰まりを感じるほどに、結構な気合いを入れて音楽を作っているようだった。

すごい。ちょっとびっくりした。

「もしかして最近ずっと、こうやってひとりでパソコンいじってるの？」オレは訊《き》いた。

渡辺は振り返り、笑顔を見せた。

「おう！　いまに見てろよ。この俺のすげー才能で、めちゃめちゃ金儲けしてやっからな。お前らが『渡辺さんについていけば良かった』って、後になって泣きわめいても、俺はもう知らねぇ」

それは渡辺の冗談らしいので、オレは声を出して笑った。

「笑うなっつーの。本気だぜ。俺は本気で決心したんだよ。……やっぱりな、お前らに頼ろうと思った情けない考えが、そもそも最初の根本的な間違いでな。やっぱりどんなことでも、最後は自分ひとりの努力がモノを言うんだよ。——わかるか？」

何を言いたいのかさっぱりわからない。

「いや、能登のバイク暴走も、あれはあれで勉強になった。……と、つまりそうゆうことだ」

渡辺はそんな、ずいぶんと曖昧《あいまい》な台詞《せりふ》で言葉を濁すと、ふいにオレのタバコを勝手に奪い取った。

「うわ。エクストラライトって何よ？　吸った気がしねーっつうの」そう文句を言いながらも深々と煙を吸い込み、今度は逆に質問してくる。

「それよか山本、おまえこそ最近何やってんの？　なんかいつも門限オーバーで、トイレの窓から帰ってくるじゃん」

「あ、いや、いつか話した中央高校の女の子と——」

「まさか、夜遊びしてんのか？」

「……ま、まぁな」オレはニヤリと意味深な笑みを浮かべてやった。

チェーンソー男のことを話しても、この前のように馬鹿にされるのが目に見えていたし、渡辺がひとりで金儲けのための創作活動に邁進《まいしん》している姿を見ると、なんとなく置いていかれたような感じがして、理不尽に腹が立った。

可愛い女子高生と不純異性交遊しまくってんだぜ！　というホラ話で、渡辺にも腹を立ててもらうことにする。

「いやもう、すんごいよ。最近の女子高生ってのはマジで乱れてるね。……いやいや、オレもかなりビックリしたよ、こんなにハイスピードで事が進行していいのかって。いまじゃあ、毎晩お呼びがかかってさ。オレに一日でも会わなきゃ寂しくて眠れないとかどうとか。やっぱりこれは、オレの魅力がなせる業だろうね。正味の話」

渡辺は本気で立腹してくれた。

「……お前、もう、いいから早く、あっちに行け。俺の創作意欲が乱れるから、どっか行け。——ギター触るなよ。やめろって、ムカツクから。禁じられた遊びとか弾くな！」

オレは勝利者の笑みを浮かべながら、わざとらしい仕草で腕時計を見た。

もう五時近い。

「んじゃ、オレは先に帰るぜ」

「もう来んなよ。邪魔なんだから――」

部室を出る。

真っ白く積もった雪の上に、やけに綺麗《きれい》な夕焼けが広がっていた。それはずいぶんと眩《まぶ》しくて、オレはおもわず目を細めてしまった。


渡辺と別れた後、一度下宿に戻って夕食を食った。

「あら山本君、君、夕ご飯いらないんじゃなかったの？」

「あ、また今日からお願いします」

「……君ね、そうゆうことは前もって言ってくれなきゃ困るんだよ。今日は取りあえずインスタントラーメンで我慢しなさい」

下宿のお姉さんは手早くラーメンを作ってくれた。インスタントとはいえ、ハムやらモヤシやらキャベツやらが大量に入っていて、なかなかにうまい。

このお姉さん、数ヵ月前に引退したおばさんの代役として、何の前触れもなくこの下宿に登場したのだが、いまではもう、すっかりこの仕事に馴染《なじ》んでいるようだ。臨機応変にラーメンを作ってくれるあたり、前のおばさんよりもはるかに優れものである。

まだ若くて（おそらく二十代前半）しかもそれなりに綺麗なので、オレはすっかりメロメロだ。……だからどうしたという話でもないけど。

「白いご飯と納豆とか卵もあるけど、食べる？　目玉焼きならすぐできるよ」

にしても、今日はずいぶんと親切だ。なんとなく機嫌が良さそうにも見える。良いことでもあるのだろうか。

ともかく、ラーメンだけで腹一杯だ。

「それじゃ、ごちそうさまでした」

そのまま玄関へと向かう。

靴を履くオレを、食堂から顔を出したお姉さんが呼び止めた。

「ご飯、まだなの、あと渡辺君だけなんだけど。どこにいるか知ってる？」

「たぶんもうすぐ帰ってくると思いますけど——」

「……私もこれから出かけるのよね。どうしよう？」

どうしよう？　とオレに訊かれても困る。適当なことを言ってやった。

「かたづけちゃっていいんじゃないですか？　飯の時間に帰ってこない男が悪いんです」

「……うん。そうよね」

あぁ。お姉さんは納得してしまった。ごめん、渡辺。

「それじゃ、ちゃんと門限までに帰ってくるんだよ」お姉さんはエプロンをはずしながら、妙に笑顔でそう言った。

「はぁい」オレは爽《さわ》やかに返事をして、夜の街へと繰り出した。

裏の駐輪場に停めてある自転車にまたがり、絵理ちゃんの家へと出発。

安全運転でペダルを漕《こ》ぐ。

雪道走行において注意すべきなのは、おっくうがらずに前輪のライトを点灯するということだ。ただでさえ道路は滑りやすいアイスバーン、いままでオレは何度も命の危険にさらされたことがある。カーブでスリップしてトラックにスライディングしそうになったり、後輪ブレーキをかけた瞬間ドリフトしてしまい、歩道を歩く主婦に突っ込みそうになったり、雪道自転車は危険で一杯だ。そのリスクを少しでも軽減してくれるのが前輪ライトなのである。命を救われたこと、一度や二度ではない。

立て付けの悪いダイナモをがりがりと鳴らしながら、オレは絵理ちゃんの家へとひた走った。

川沿いの歩道を突っ走り、路面電車の線路を横切り、ペダルを踏みしめること数十分。

ようやく到着。

——どうか絵理ちゃんの親が出てきませんように。そう祈りながら呼び鈴を押す。

親に出てこられてしまったら、それはもう、だいぶ大変だ。こんな夜中に娘を迎えに来る男など、父親にとってみれば憎むべき敵以外の何物でもないだろう。

まぁもちろん、そこら辺の事はこれまでにずいぶんと考えつくしてあるので、対処法はすでに用意してある。『雪崎さん、明日の授業で使うプリント忘れていきましたよ。あ、僕、同じクラスの日直でして。ぜんぜん怪しいものじゃないんですよ』そう嘘をついて、背中の鞄《かばん》にわざわざ入れてきた藁半紙《わらばんし》を彼女のパパに手渡してやるのだ。完璧《かんぺき》な計算である。

それでもオレはだいぶドキドキしながら、玄関の戸が開くのを待った。

＊

そうして今夜も戦闘が終わった。

すでに時刻は夜の十一時。

風が出てきた。

寒い吹雪の、夜だった。

二人とも顔が真っ青で、かちかちかちかちかち歯を鳴らしている。

オレは厚手のダウンジャケット。絵理ちゃんは学校指定のコートとマフラー、それに手袋。やはりこの程度の装備では、北国の寒さはどうしても身に染みた。

「なんか、あの、急に冷え込んできたね。……やっぱり十二月だからかね」

「そ、そ、そ、そうね。……早く帰りましょ」

絵理ちゃんなんかはついさっきまで激しい全身運動を繰り広げていたものだから、その汗が冷えちゃって、もう、寒くて寒くて大変だろう。唇も真っ青だ。

「帰り道、どっち?」オレは訊《き》いた。

「……あっち」絵理ちゃんは眼下に広がる街の灯《あか》りを指さした。

「遠いね」

「……うん。すごく、とおい」

「…………」

ちょっとした観光名所の山の頂上に、オレたちはいた。

標高およそ三百メートルの小さな山なのだが、その頂上から眺める夜景は、日本三大夜景のひとつに数えられているとかいないとか。

ロープウェーを使ってこの展望台まで昇ってきたのだが、チェーンソー男が出現するのが遅かったせいで、いまはもう、明日の朝まで、帰りのロープウェーは出ない。

だけど、歩いて下山したら、それはきっと、とても大変だ。そう思った。

「ほ、ほら絵理ちゃん! 百円で見れる望遠鏡があるよ!」

「だからどうしたのさ!」

「…………」

こんな真冬の山に登ろうとする観光客、それはそもそも数人しかいなかった。ロープウェーが止まってしまった深夜になっても残っている観光客などは、当然、まったくの皆無である。

いま、辺りには、誰もいない。

レストランやら、土産物売り場やら、展望台やら、そんな施設で働いていた人も、いまはもう、誰もいない。

オレたち以外に、誰も、いない。

――数分前、チェーンソー男は観光施設からちょっと離れた林に現れた。その林の中で息を潜めて待機していたオレたちは、いつものように、彼を撃退。

林の中からロープウェー乗り場に戻ってみれば、辺りは、無人。

誰も、いない。いなかった。

施設の照明がすべて落とされた、月明かりだけが唯一の光源の、この山のてっぺんに――オレたちはバカみたいに取り残されてしまった。

そーゆーことだった。

「…………」

オレは真っ暗になったレストランの入り口に腰を下ろした。

しゅぼっと、タバコに火をつける。

「……絵理ちゃんさ。家に迎えに行くとき、オレ、スンゲー緊張するからさ。明日からは電話で呼び出すよ。近くのコンビニの公衆電話で」努めて平静な声で、日常的な話題を口にしてみる。

展望広場の真ん中で所在なげに立ちすくんでいる絵理ちゃんは、ぼんやりした声で返答した。

「……なんで緊張するの？　どうせあたしが玄関に出るのに」

「そうなの？」

絵理ちゃんは小さくうなずいた。

客人に対応するのは娘の仕事というわけか。よくわからないが。

「まぁ、それならそれで、いいけどさ」

「………………」

そうして再びオレたちは、互いに目をそらしたまま押し黙った。

——それにしても、寒い。

寒い夜だ。

骨まで冷えて、しまっている。

凄《すご》い威力で真横から吹き付けてくる雪と風が、オレたちの顔面を直撃していた。空の方でもごうごうと吹雪が音を立てている。

放っておくとすぐに睫毛《まつげ》を凍らせてしまう雪を、絵理ちゃんはしきりに指で払い落としていた。長く綺麗《きれい》な髪の毛も、風雪に激しく乱されてしまって、だいぶ大変な状態だ。さきほどまでは、なんとかヘアースタイルを整えようと頑張っていた彼女だったが、いまではもう、すっかり諦《あきら》めてしまったらしい。ばさばさと逆立つロングヘアーを、なすがままに受け入れていた。

「帰り道、どっち？」もう一度、オレは訊いた。

「……あっち」絵理ちゃんは眼下に広がる街の灯りを指さした。

「それじゃあ、行こうか」

「…………」

「ふもとまで十キロの道路を歩くのと、山の斜面をつっきってショートカットするの、どっちがいい？」

「……どっちもイヤ」

「それじゃあさ――」オレは素晴らしいアイデアを思いついた。

「ここで一夜を明かすってのはどうだろう？　このレストランの入り口に入ってさ、雪と風をなんとかしのいでさ、ふたりで身を寄せ合ってさ。――それでも寒かったら、しまいには、こう、ぎゅっと人肌で！」

「…………」

ローキックが飛んでくるかと思ったが、絵理ちゃんには、もう、それだけの元気もないらしかった。

ぶるぶるぶるぶるぶると全身の関節を細かく震わせながら、オレたちは山を下った。

＊

下宿についたころには、深夜の二時を回っていた。

ちょっとした遭難アドベンチャーから生還してきたオレは、かなり心底疲れ果てていた。早く眠ってしまいたい。ふかふかのベッドでぐっすりと。

「…………」

オレは下宿の裏手に回り、非常階段を忍び足で駆け上がった。

二階の非常ドアは、オレのような不心得者の門限破りを妨害するために、内部から鍵《かぎ》が掛けられていた。だけどもそれは、いつものことなので、オレはちっとも慌てない。

非常階段の踊り場から大きく身を乗り出し、非常ドアから一メートルほども離れたトイレの窓に手をかける。

その窓には鍵が掛かっていない。下宿のお姉さんはここまでチェックしないのだ。

六十センチ四方程度の窓を全開にし、一度その窓枠にぶら下がる。

手を滑らせたら四メートルほども墜落だ。まぁ、下には雪が積もっているので、たぶん死ぬことはないだろう。

そのまま懸垂の要領で体を引き起こし、狭い窓枠に頭を突っ込む。まったく、ちょっとしたアクションヒーロー並みの、素敵な映画的行動である。オレは毎晩これを繰り返しているのだ。門限破りには、このぐらいのリスクと労力を必要とする。

音を立てないように足で壁を蹴《け》り、同時にぐいっと腕に力を込める。

頭が入った。次は肩だ。

限界まで肩を縮め、ゆっくりと、ゆっくりと、狭い窓枠に体を押し込む。

するとそこは大便所の中。灯りがついていないので何も見えないが、窓枠侵入に慣れているオレには、何がどこにあるのか手に取るようにわかる。

さらに数十センチ身を乗り出して、水道の通った太いパイプを摑《つか》んでしまえば、あとはそれを手がかりにして力任せに全身を潜り込ませるだけだ。

もう少しだ。頑張れ。

思いっきり腕に力を入れて、渾身《こんしん》の力で体を引っ張って。

腹の辺りまで体を押し込んで――

そのとき、大便所のドアが唐突に開いた。

「……あ、ごめんね！　入ってたの」がちゃん、と慌てた様子でドアが閉められた。

そして再び――恐る恐るといった感じで、ドアが静かに開いた。

オレは体を半分窓の外にぶら下げたままの中途半端な姿勢で、下宿のお姉さんと目を合わせた。

「こ、こんばんわ」

「……こんばんわ」

お姉さんはオレの手を引っ張って、便所の中に引きずり込んでくれた。


疑問がある。たくさんの疑問がある。

いまは深夜の二時だ。いつものお姉さんは、こんな時間に便所の見回りなんかをしたりはしない。普通ならば門限の十一時と同時に見回りが行われ、下宿中の灯《あか》りが落とされる。

それなのに——どうして今夜に限ってこんな時間に。

「と、とにかく、ごめんなさい」

とりあえずオレは謝った。さまざまな疑問があるが、まずはともかく謝り倒すことだ。

門限破りへの処罰、それは最悪の場合、下宿追放である。

『定められた規則に従わなかった場合、出ていってもらうこともあるよ』といった感じの条文が、賃貸契約書に記載されていたはずなのだ。それはマズイ。とても困る。

「……魔が差したんです。急におでんが食べたくなって——」

「いいから、こっち、来なさい」

お姉さんはオレの手を引っ張って、ぎしぎし軋《きし》む階段を下りていった。

「反省してます！　いや、マジで、ホントに」

「説教するから、こっち、来なさい」

お姉さんの声は、それはそれは平坦《へいたん》で、オレはすっかり恐ろしくなった。

真っ暗な食堂へ連れ込まれる。

お姉さんは蛍光灯をつけた。

「座りなさい」小声で命令してくる。

オレはできる限り身を縮めて、椅子に腰を下ろした。しおらしく肩を丸めてうつむいて、これ以上ないくらいに反省した素振りを見せてやる。

オレの幸せな高校生活は、いまから数分間の反省演技にかかっているような気がした。

「怒るからね」お姉さんもオレの目の前に腰を下ろした。

「ごめんなさい」オレは謝る。

「怒るよ」

「……ごめんなさい」さらに謝る。

「すごく怒るよ」

「…………」

わかったから早く怒れ！　と叫び出したかった。

こっちはもう、とっくに準備オーケーなのだ。さり気ない言い逃れを限界まで繰り広げてやる心構えは、すでにしっかり用意してある。

まず最初にお姉さんが怒ってくれなければ、言い訳のしようがないのだ。早く怒れ。しかってくれ。黙ってないで、なんか言ってくれ。黙られると、よけい不安になってくる。

「…………」

しかしお姉さんは、なおも無言だった。

——これはもしかしたら、沈黙を上手に使いこなして、オレに猛省をうながそうという高等戦術なのだろうか。

いやいや。もしかして、沈黙に耐えきれなくなったオレが先に口を開いてしまうのを、虎視眈々《こしたんたん》と待ち構えているのではないか？

それは、マズイ。とても、マズイ。

自分から口を開いてしまうと、隠すべき事柄（女子高生とふたりっきりで山に行ってたこと）さえも、ベラベラベラベラ最後まで喋《しゃべ》ってしまいそうな気がする。別にやましいことは何もしてないのだが、女子高生と密会していたなどということは、お姉さんの心証を悪くするのに、とても効果がてきめんなのではないか。なんとなくそんな気がする。

「…………」

だが——オレはついに沈黙に耐えきれなくなり、顔を上げてお姉さんを見た。

お姉さんは——しかし、「ああ。困った」という顔をして、テーブルの真ん中あたりを睨《にら》んでいた。

妙に、疲れたような、そんな表情だ。

お姉さんは目を落としたまま、ぽつんと呟《つぶや》く。

「……山本君、私のお母さんに——じゃなくて、前のおばさんに叱られたこと、ある？」

「いや、まぁ、何度か」

「おばさん、どうゆうふうに叱った？」

「どうゆうふうにって——『夜中に洗濯したらうるさくて迷惑でしょ！』とか『ゴミはちゃんと分別しなさい！』とか、ストレートに」

「……なるほど。それじゃあ、私もそうやって叱ります」

お姉さんは何かを決心したかのような大仰なそぶりで顔を上げて、深々と大きく息を吸い込んだ。

そして——怒鳴った。

「門限破ったらダメでしょ！」

お姉さんの怒鳴り声は、深夜二時の木造ボロ下宿、その隅々にまで響き渡るほどの大声で、オレは二十五センチほど、ビクッと腰を浮かせてしまった。

——大丈夫か？　この人。

オレは、寝静まっている皆が起き出してくるのではないかと思い、かなり不安になって、きょろきょろと前後左右を見回してみた。

が、怒声の余韻が消え去ると、下宿はひっそり静まりかえった。お姉さんの静かな呼吸音と、バクバクいうオレの心臓の音以外、何も聞こえない。

皆、こんな夜中はぐっすり熟睡しているらしい。

すこし安心した。

それから再び不安になってきた。

お姉さんは、またまた顔をうつむかせて、それっきり黙ってしまったのだ。

「…………」

これでもオレは、目上の人に怒られるのには慣れている。人生の半分以上を児童や生徒として生きてきたのだ。怒鳴られたり、罵《のの》られたり、呆《あき》れられたり、それに対する上手な言い訳をしてみたり——などといった学生の基本スキルはとっくに習得済みである。

もはやちょっとしたプロフェッショナルと言っても良い。

しかし現在のこの状況は、これまでの経験に照らし合わせてみても、かなり特異な部類に入った。

怒るべき役割の人が押し黙ってしまい、何も言ってくれない。

それはもう、だいぶ、どうしていいのかわからない。

もう、説教は終わったのか？

それともこれから本格的に始まるのか？

オレはどのような態度をとるべきなのか？

「…………」

わからない。

わからないながらも、これ以上この沈黙には耐えられそうにない。取りあえず適当に口を開いてみた。

「……あのう」

そしたらお姉さんは、うつむいたまま、言った。

「……お酒臭いね」

「はぁ？　オレ、酒なんて飲んでませんよ。あんなもんマズイから嫌いなんです、いやホント。渡辺に無理に誘われたときぐらいしか――」

「そうじゃなくて、私が。外で飲んできたばっかりだから」

言われてみると、確かにお姉さんの顔は赤かった。

「こんなんじゃ若者の教育に悪いわ。そうでしょう？」

「いや、そうでしょう？　とオレに訊《き》かれても――」

その瞬間、お姉さんは顔をぺたんとテーブルに突っ伏し、底の方から見あげるような格好でオレを睨んだ。

「……だけどね、大人はね、お酒の力が必要な時もあるの。飲まなければいけないときがあるの。それを妨害する権利は誰にもないでしょう？　わかる山本君？」

「そ、そうですよね」なんか、妙な方向に状況が動いていく気配を感じた。

「でもね。別に酔ってるわけじゃないのよ。ただね、人を怒らなきゃいけないのが初めてだったから、少し困っただけで。お母さん、なんにも仕事のこと教えてくれなかったから」

「なるほど」酔っているらしい。かなり。

「お母さんだったらどうしたと思う？　やっぱり下宿追放にしたほうが良いと思う？」

「い、いやぁ、それはちょっと厳しすぎるような――」

と、お姉さんは唐突にわめいた。

「だいたいね！　つい半年前まで大学生やってた小娘が、なんの因果でこんな下宿のお姉さんをやらなきゃならないの！」

オレはびくんと三十センチほど腰を浮かせた。

お姉さんは、にこり、と笑った。

「……な・ん・て・ね。――別に悪い仕事じゃないわ。不況にも関係ないし、まだ就職浪人やってる友達に比べたら、とてもいい話よ。朝夕のご飯作りと掃除だけやってればいいんだから、楽な仕事。あんたみたいな馬鹿な高校生さえいなければ、もっと楽だけど」

「いやぁ、まったく……も、申し訳ないです」

「それでもね。別に私は怒ってるわけでもないのよ。そこを理解してね。仕事だからね。──もし、ここの下宿の風紀が乱れてるってことになったら、学校の方からの紹介が来なくなるの。そうなったら、こんなボロ下宿なんて誰も住まないの。だから厳しくやらなきゃだめなの。わかった？」

オレは何度もうなずいた。しかし、この話がどこに転がっていこうとしているのか、それはいまだにさっぱりわからなかった。お姉さんはいつになくだらけた口調だったが、オレの方は、ものすごい緊張感で胃に穴が空きそうだ。

「それにね、私も南高だったのよ。だからあんたの先輩なの」初めて聞いた。だけど、それがどうした？　という話だ。意図が摑めない。

だが、オレの不安をよそに、お姉さんの口調はますます滑らかになっていく。

「──私だってね。あんたぐらいのときは、それはそれは楽しかったわよ。毎日遊んでたんだから。南高はね、入学するのは難しいけど、生徒も教師もダラダラだから、楽しいばっかりで偏差値が低いの。それでもとっても良い学校よ。そうでしょう？　山本君も、楽しいんでしょう？」

「はぁ。ええ、まぁ」

「だからこうやって門限破りなんてやっちゃったのよね。明日は土曜日だしね。ゲームセンター？　雪合戦？　カラオケ？　遊び相手は男友達でしょ、絶対。女の子がいても、せいぜいグループでわいわいやるだけ。君なんて、絶対モテそうにないもんね。実は結構、暗そうだもんね。根本的な明るさがないのよね。わかる？　君ぐらいの年頃なら、ただバカみたいに明るければ、それで結構モテちゃうの」

「………」

「でも、モテなくたって、楽しいよ。見ればわかるよ。うん、楽しい。モテた方が楽しいけど、そうじゃなくても大丈夫。……だからもう、行きなさい」

「は？」

「おやすみ。私も、もう、寝る。――明日の朝ご飯は？」

「はぁ、いただきます」

「土曜の朝食は八時から九時までだからね。遅れたらすぐにかたづけちゃうから。わかったら早く行きなさい。頭が痛いから」

お姉さんは両手で頭を抱えて、テーブルに突っ伏した。

オレは恐る恐る椅子から立ち上がり、食堂を出ようとした。

お姉さんが言った。

「……でもね。気をつけた方が良いよ。楽しい時間があればあるほど、だんだん辛《つら》く、なるからね」

その言葉が向かう方向が、オレにはいまいちつかめなかった。オレに対する注意のようでもあり、独り言のようでもあった。だからオレは振り返ることをせずに、ぎしぎし軋《きし》む、引き戸を開けた。

「良いときは、あっという間に終わるからね。びっくりするぐらいに、なんでも消えて、いくからね。でも、そんなに悲しむことはないのよ。最初から、そうゆうものだとわかっていれば、お酒を飲めば、大抵は大丈夫」

廊下に出た。

食堂からこぼれる薄ぼんやりした白色光だけが、長い廊下をうっすらと照らしていた。

「……気をつけなさい。浮かれすぎないように、気をつけなさい。朝ご飯に遅れちゃダメよ」

二階へと続く階段を上る。

それはかなりの急角度で、そのうえ真っ暗だったから、なかなかに怖い思いをした。

自室に入るなり、パジャマに着替え、ベッドに潜った。

真っ白な夢を見た。

『何やってんだよ山本』

顔の見えない男がひとり、オレの名前を呼んでいた。

その声は、能登。

『しっかり気をつけろよ。そんなんじゃあ、そろそろすっ転ぶぜ』

腹が立ったので、オレは叫び返してやった。

『お前の言いたいことは、オレには全部、わかってる。だけどそんなことは、誰だって知ってることだ。たいした意味は、ねーんだよ！』

彼はニヤリと笑った。

オレはだいぶん寂しくなった。

ぜんぶ、夢だった。

3

いろんな人が、こんなことを言っている。

『高校時代ってのは、それはもう、あっという間に流れ過ぎてゆくものです』

『あの頃の三年間は、人生の中で最も短い三年だった』

等々、高校時代の短さについて、いろいろな人がそんなことを語っている。小説やら映画やらでも、そのような台詞《せりふ》がよくでてくる。

だけどオレには、それらの言葉が本当に正しいとは思えなかった。思えるわけがなかった。

理由は簡単である。実際のところ、高校生活ってのは、かなり、長い。

――あぁ。長いよ。長い。むしろ長すぎる。

たとえば古典の授業を受けているときなどに、その思いは最高潮に高まる。伊藤先生の眠たげな声を、五十分間もエンドレスで聞き続けなければならないのだ。

「……えぇ。く、から、く、かり、し……」

ちょっとした拷問だ。まったく。

眠っても良いのだが、そうすると当然、叱られる。

伊藤先生の叱り方は古典教師らしく、ずいぶんとクラシカルだ。授業の最後まで立っているように命令してくるのだ。睡眠者を発見する技術についても、彼はかなりのエキスパートである。年の功というヤツだろうか。

三回に二回は寝ているところを起こされて、立たされる。

もっとも、立たされると言っても、なにも廊下に立たされるわけではない。自分の席で、そのまま起立、だ。

四十二人のクラスの中で、オレだけがひとり、バカみたいに突っ立っている。

まったく、恥ずかしい。

足が疲れる。腰も痛ぃ。

……あぁ、あと四十分か。長いなぁ。

まもなく定年退職するだけあって、伊藤先生の授業は堂に入ったものだ。オレたち生徒のことなんて、その存在すらも目に入っていないのではないかというほどに、常に変わらぬマイペースな、どこまでも自己完結的な授業を繰り広げてくれる。

「……えぇ。き、かる、けれ、まる、まる、かれ」

それは一体なんの呪文《じゅもん》だコラァ！　と、叫び出したかった。

が、オレはやっぱりそんなことはしない。高校生にもなって、そんな大人げないことはしない。だから、ただ、じっと耐えるだけである。この、長いながい授業に、黙ってひたすら耐えるだけである。

にしても——まだ一時間目が始まったばかりなのだった。

放課後までは、気が遠くなるほどに長い。

次の授業は数学だ。テストが返ってくる。最悪だ。

その次は英語。教科書訳すのやってこなかった。どうしよう。

四時間目は化学。今日は実験をやるので、だいぶ楽だ。嬉《うれ》しい。

昼休みを挟んで、現国と地理。絶対、寝てやる。

「……えぇ、山本君。二〇四ページ」ぼんやり考え事をしていると、当てられた。

「は、はい。えーと。……お、おとこもす、なるにっき——」

文章の意味をさっぱり理解できないまま、オレは教科書を朗読した。

——そういえば、もうすぐ期末も近い。

こんなんで大丈夫なんだろうか。

テストやら宿題やら、いろいろと面倒なことに追い立てられる毎日である。

一年後には、受験もあるぜ。

焦ってしまう。マジで。

＊

——焦ってしまう。

だが、しかし。本当の問題は、そんなところには、ない。

オレは、それを、知っている。

授業がつまらないとか、勉強がめんどくさいとか、今夜は加藤の下宿訪問だとか、そーゆーことは、あくまで皮相的な問題にすぎなくて、オレたちの根本的な問題は、もっと他のところにあるのだった。

——たとえば、そう。

真夜中にバイクを暴走させて、それで事故って、あたら若い命を散らしてしまったヤツがいたとしよう。

彼はいったい、なぜ、そのような行動をとってしまったのか。

なぜ彼は、あまりにも危険な、雪道深夜のバイク暴走などといったことを、若さに任せてやってしまったのか。

聞くところによると、ヘルメットも被らず、この先に急カーブがあると知りつつ、それでも彼は、スピードを落とさなかったそうだ。そんなの、まるで自殺だ。

――いったい何が、彼をそうさせたのか。

彼が死んだのは、なぜか？

なぜなのか？

おそらくは、やはり、勉強がイヤだとか、期末が近いとか、そーゆーことが原因なのじゃあないと思う。いや、原因の一部ではあったかもしれないが、もっと、こう、他にも深い原因があったことなのだろうと、オレは思う。

しかし、だがしかし、深い原因というものは、それはやっぱり深いだけあって、そうそう簡単には発見できないものである。そうそう簡単には説明できないものなのである。

だからオレたちは敢《あ》えて何も語らず、ひたすらに曖昧《あいまい》な笑みを浮かべておく。わからないことは、何も言わないでおく方が良い。そうに決まってる。

それなのに――「家庭環境が酷《ひど》かったらしいぜ」とか「昔から変だったみたいよ」とか、

そんな知った風なことを言うヤツは、このオレのパワー溢《あふ》れる一脚打撃で、あっさり昇天、させてやりたい。一ヵ月前の事故をいまさらネタにして、おもしろおかしく世間話するヤツは、一撃必殺、してやりたい。

そう思う。

思うのだが、いまは学食で昼飯を食っているところなので、手元に一脚がない。それに、一脚で頭を殴ったりしたら殺人罪になってしまうので、やっぱりオレは、そんなことはしない。

ただ、じっくりと、じっとりと、睨《にら》みつけてやるだけである。

相手がオレの迫力に恐れおののいて、そそくさと立ち去っていくまで、オレは辛抱強く睨みつけてやるのである。

「……いこうぜ」ついに男が立ち上がった。

「う、うん」女も慌てて箸《はし》を置いた。

気の弱そうな二人組だ。学食の一等席で、ふたり一緒にラーメンライスなんかを食ってやがった。男と女、めちゃくちゃ仲が良さそうにしてたのもムカック原因の一端である。

どうしてあんな頭悪そうな顔をした男がモテるのか？　かなり不思議だ。

「——不思議だよなぁ、まったく」

隣で蕎麦《そば》に胡椒《こしょう》を振りかけている渡辺に、オレは訊《き》いた。

渡辺は言った。

「ありゃあ、ダメだ。あんな女にモテたって嬉しくねぇよ。見ろよ、ぜんぜんブスだ。男の方も、最悪だ。頭悪そうだ。へっぽこだ。死ね！」

死ね！　と、連れだって学食から出ていくふたりに、オレたちは小声でささやいた。

ずいぶんと後ろ向きな怒りだった。

＊

それでもオレたちは若者であって、若者である限りはあるていど情熱的である。

特に最近の渡辺は燃えていた。そろそろ燃え尽きるころだろうとオレは予測していたが、ともかく彼は、いままさに輝いていた。

「わかってきたぜ。わかってきたぜ。わかってきたぜ！」

まったく同じ言葉を三度繰り返してしまうほどに、彼は興奮しているらしい。

「……何が？」

オレは手に持ったマンガ本から顔をあげた。彼の言葉にたいした興味はないのだが、こうやって軽音楽部の部室でダベらせてもらっているからには、やはりなんらかのリアクションを返してやるのが礼儀だろうと思ったのだ。

渡辺はパソコンのスピーカーから伸びたヘッドホンを頭からはずし、くるりと振り返って言い放った。

「俺はやっぱり天才だ！」

「……………」

小さな窓から射し込む夕日が、タバコの煙をゆらゆら照らしていた。

もうすぐ日が暮れる。

オレは腕時計を見た。夕飯の時間まで、あと三十分。あぁ、暇だ。

「聞けよ！　無視すんな！」

「なんなんだよ、だからさ」

「俺の作曲方法が、試行錯誤の末にとうとう軌道に乗った！　俺は、俺の方法を見つけた。これこそが俺のオリジナリティだ！　これは新しい！　最高！　天才！」

「……………」

オレと渡辺の付き合いは、長い。一年の時から同じクラスだったから、彼のことは、ずいぶん理解しているつもりだ。

彼は——よく学校を休む。『憂鬱《ゆううつ》だ』と呟《つぶや》いては、学校に病欠の電話をかける。

そんなとき、渡辺は実際に憂鬱らしい。憂鬱で憂鬱でしかたがないらしい。なんにもやる気が起きないらしい。

だが、憂鬱な時間から三日ほども経過すると、彼は変化する。正反対に、変化する。

『どうよ！　俺の撮った写真！　すんげー才能を感じるだろう？　この見事な構図！　動きの激しい被写体をベストに撮るために、わざわざ一脚を買った甲斐《かい》があったってもんだ。こりゃあもう、プロ級だ！　これからCAPAに投稿するからな。来月の金賞はもらった』

『どうよ！　俺の書いた小説！　この大胆な文学性！　こりゃあもう、ノーベル文学賞クラスだぜ！　ケンザブロウも目じゃねえよ！　とりあえずは文学部の同人誌に載せてもらう予定だ』

『どうよ！　俺の描いた絵！　わざわざ美術部に入部して、油絵描かせてもらった甲斐があったぜ。やっぱり俺って才能あるよ。――見ろ、この破天荒な筆遣い！　まずは高文連の大会で一躍有名に――志望校は、日大の芸術学部あたりで』

躁《そう》――というヤツなのかもしれない。無駄に元気になった渡辺は、自分の多趣味さを最大限に利用して、むやみに色々な創作活動に手を出すのだった。

当然、そんな勢いにまかせただけの芸術活動など、うまくいくわけがない。

大抵は自分の無能さに途中で気づき、飽きてしまう。ティッシュ配りのバイトして買ったF4とかいうカメラも、いまじゃあ押入れの中で埃《ほこり》を被っているはずだった。

だからきっと、これも一時の熱病なのだろうと思う。

「――違う！　それは違うぜ。俺はなぁ、もう二ヵ月もこの部室にこもってんだよ。その気合いを知れ！」

　怒られてしまった。

「んじゃあ、できあがった曲、聴かせてくれよ」

「……それはまだ、ダメだ。まだ人に聴かせられる段階じゃない。いまは方法論を確立しただけのところで――」

　ほら、これだ。この男は自分が不利になると、小難しいことを言って言い逃れをする傾向がある。

「違うってばよ。いまはまだネタが足りねぇし、それはこれから録《と》るところだから、もうすぐ一曲、完成するって」

「もうすぐって、いつだよ」

「……たぶん――クリスマスぐらいか？」

　ぐらいか？　と、オレに聞いてもしょうがないだろうが。

「ま、まぁ、頑張れよ」ともかく、オレは適当に励ましてやる。

「おう！　頑張るぜ」渡辺は空回りっぽい気合いでバリバリだ。

　だが――頑張って欲しい。そのオレの気持ちは、それなりに本当である。

　このまま頑張って、大金持ちになって、昔の友達のよしみで、オレにどっさりお金を分けて欲しい。

心底そう思う。

それに——渡辺のやり方は、きっとオレにはできないことなのだ。だから渡辺は、オレにできないことを、一生懸命に頑張るべきなのだ。彼のやり方でしっかり頑張って、大金持ちになるべきなのだ。

それは、オレには、そして能登には、なかなかマネのできないことなのだから。

「………」

——だけど。

だけどだ。

音楽やらなにやらに向ける情熱、オレにはちっとも存在しない。でも、そのかわりと言ってはなんだが、オレにはチェーンソー男がいる。

能登には、しかし、チェーンソー男がいなかった。それがおそらく、いろいろな事の原因だったのだろう。

なんとなく、そう思った。

「ところで渡辺よ。どうせ音楽作るなら、せっかくだから売れ線ねらった方がいいよ」

「おう！　そこら辺の計算はバッチリだ！　めちゃめちゃキャッチーな感じでいくぜ。キャッチーでポップだけど、こう、ぐっと深いところがあるって感じの——」

「売れるかな？」

「売れるぜ！ まぁ三年だな。三年後には、俺は億万長者だ。税金で一億持ってかれるぜ。……くそっ、累進課税のせいで」

オレたちは、笑った。

声を出して、笑った。

愉快な放課後だった。

それは今後もしばらくは、ゆっくり流れていくはずだった。

＊

そして夜。

オレは自室の窓辺で喫煙していた。

窓を全開に開けて、喫煙していた。

寒い。かなり寒い。

しかし寒いからといって、安直に窓を閉めてしまうことなどは許されない。室内と屋外の温度差によって生まれる気流を利用して、タバコの煙を、すべて外に逃がさなければならないのだ。なぜならば、もうすぐ加藤先生がこの下宿にやってくる。下宿訪問にやってくる。タバコの臭いのする部屋などは、もっとも慎重に避けるべき事柄であった。

隣室の渡辺は、いまさらになって部屋の大掃除をしているらしい。軽く蹴《け》っただけで大穴が空きそうなほどに薄い壁をとおして、必死に掃除を繰り広げている気配が伝わってくる。

『いっそのこと、お前の部屋の汚さで度肝をぬいてやれ』オレはそうアドバイスしてやったのだが、彼は聞きいれなかった。

『俺の社会常識が、そんなのは許さない。俺はお前と違って優等生で通ってんだから』

他者からの客観的イメージと、彼が持っている自己像には、かなり大きな隔たりがあるようだった。

まぁいいさ。

——おっと、そういえば大変なことを忘れていた。絵理ちゃんに電話するのを忘れていた。

オレは火のついたタバコを窓から外に放り投げ、タンスの上の電話機をとった。すでに暗記してしまっている番号を、素早く押す。

「…………」

数回のコールの後に、電話は繋《つな》がった。

「もしもし。わたくし、中央高校一年A組の山本と申すものですが、絵理さんはいらっしゃいますか？　あぁ、いえいえ、怪しいものじゃなくて、連絡網の——」

『……なんでいっつも大嘘つくのよ？』電話に出たのは今日も絵理ちゃんだった。オレはかなり安心した。親が出なくて良かったよ。ホントに。

手早く用件を伝える。

「あぁ、今晩ね、オレ、迎えに行くの遅くなるから。……あぁ、うん。三十分ぐらい。チェーンソー男が出る前には、間に合うと思う。あ、いや、なんか家庭訪問とかいうのがあってさ。うん。できるだけ早く終わらせるから、おとなしく待っててよ。……んじゃ、そうゆうことで――」

と、受話器を置こうとした瞬間、部屋のドアがノックされた。

慌てて電話を切ってドアを開けると、そこには予想通り加藤先生がいた。教師らしい堅実なコートに雪が付いている。学校からそのまま歩いてきたらしい。

「ど、どうぞ」オレは素早く招き入れた。

前もって用意しておいた座布団に座ってもらう。さらに、前もって用意しておいたお茶菓子を出す。

「…………」加藤先生は、困惑した様子で目の前の羊羹《ようかん》を眺めていた。

「いやぁ、五勝手屋羊羹ですよ。昭和十一年に宮内省御用達になった、最高級の道南名物――」

「別に気を使わなくていい。お前らなんかに、最初からそんなものは期待していない」

「……ま、まぁ、それはそうでしょうけどね。だけど、オレが立派なもてなしをするというその意外性によって、先生の心証が、ぐっと良くなったりするのではないかと――」

「期末が近いな。お前は、あれか。文系なのか？　だから数学、やらないのか？」

オレの思惑をよそに、加藤先生はいきなり本題に入ってきやがった。

「なぁ。零点ってどうなってるんだ？　俺の三十年近い教師生活でも、なかなか出合わない点数だ。とろうと思ってとれる点数じゃない。――つまり、あれか。お前はもしかすると、俺に反抗しているのか？」

羊羹に手を出さないまま、鋭く切り込んでくる。さすがにプロフェッショナルだ。

そういやあ、昼間のテスト返却時には、彼は意外なほどに何も言わなかった。いつもならばクラス中に響く大声で、俺の点数を読み上げてくれるものなのだったが。

――つまり加藤先生は、今晩の家庭訪問で、じっくり説教してやろうという、そうゆう心づもりを持っていたらしい。そう気づいたオレは、だいぶ焦ってきた。

「いやぁ、たまたま零点だっただけですよ。期末はバッチリ頑張りますから――」早口で弁解する。が、またもや加藤先生はそれを遮った。

「いいからお前もちゃんと座れ。俺の前に座れ。……いや、別に正座じゃなくていいが。――なぁ、お前は進学だろう？　志望は国立だったはずだな？　それなら数学をやらなくてどうするんだ。センターで絶対に必要になるんだから」

教室でネチネチ怒るときとは違い、ずいぶんと堅実な説教をしてくれる。

「高校入試のデータを確認したところ、お前はそんなに数学は苦手じゃなかったはずだ。それが今年に入って急に落ちた。数学だけじゃない。他の教科もだ。軒並みがっくり成績が落ちてる」

「……いや、なんといいますか。スランプといいますか。でも、期末はしっかり良い点とりますって。気にしなくても大丈夫——」

「成績が落ちてるのは二学期の中盤からだ。お前にもわかってるだろう？　これは普通の下がり方じゃない。いままでは平均で八十点程度だったものが、いきなり赤点の連続だ。勉強ってのはそういうものじゃない。いままでの積み重ねがあるんだから、これだけの短い期間に落ちこぼれたりするわけがない。……だから、何かの理由がある。そうだな？」

——そうだな？　じゃねえっつうの！

あまりに流暢《りゅうちょう》に進む彼のトークから判断すると、どうやら加藤先生は、ここに来るあいだ中ずっと、わけのわからない滅茶苦茶《めちゃくちゃ》な推理を、勝手に繰り広げていてくれたらしい。

困ったことだ。

成績が落ちたのは、別に大した理由があるわけじゃあない。ただ、なんとなく、自然に落ちた、それだけだ。長いあいだ学生をやってるんだから、たまにはそうゆうことがあったっていいだろうが。期末じゃちゃんとやるって言ってるだろうに。

そんな深刻な顔で話されると、こっちまで不安になってくるぜ。まったく。

「…………」

まぁいい。この状況を打開する手段はある。この説教だかなんだかわからない辛《つら》い時間を、あっさり終わらせてやる手段はある。

オレは数十秒間、思慮深げな顔でうつむいてみせてから、おもむろに口を開いてやった。

「……きっと、アレですよ。成績の落ちた原因は」

「なんだ？　言ってみろ」加藤先生は軽く座布団から身を乗り出した。

オレは笑顔で、こう言った。

「……ば、バイオリズム？　それか、星の巡り合わせ？」

「…………」

絶対、怒鳴ると思った。怒鳴られると思った。

だが、怒鳴られる、それこそがオレの望みである。加藤先生に激しく怒ってもらい、手早くこの会談を中断する。それがオレの冴《さ》えた計略なのだ。

――どうした？　早く怒れ。そうしてオレを、解放してくれ。

「…………」

だが――加藤先生は、深く、大きく、ため息を吐いた。

「タバコ、吸っていいか？」

オレが返事をするよりも早く、胸ポケットからハイライトを取り出して火をつけやがる。

オレは慌ててゴミ箱からジュースの空き缶を取り出し、差し出した。

深々と吸い込んだ煙を吐き散らし――加藤先生は言った。

「最近のガキは、難しい」

「は、はぁ？」

「反抗手段が、ひねくれてる」

「と、言いますと」

「……昔はな。反抗手段と言えば、それはずいぶんストレートな手法だった。……校内暴力だったり、ケンカだったり、わかりやすいサボりだったり、革命だかなんだかをアジってみたり。……わからねえか。わからなくてもいい」

事実、彼が何を言いたいのか、何を言おうとしているのか、オレにはまったく測りかねた。妙に遠い目をして、ぶつぶつ独り言のように呟《つぶや》いているのだ。学校じゃあ、なかなか見ない風景である。少なくとも怒ってはいないようだったが、けれどもその様子は、よけいにオレを不安にさせた。

なおも加藤先生は言う。

「お前らの年頃ってのはな。大抵は怒ってるもんだ。イライラしてるもんだ。だからな。こう、怒りの矛先が必要なんだよ。腹が立ってな、拳《こぶし》を思いっきり振り上げてみてな、その握り拳を振り下ろす相手が必要なんだ。それは大抵、俺たち教師だ。お前らが俺たちに腹を立てて、一方的に反抗する。それが自然な関係だ」

いつものように適当な相槌《あいづち》を打つべきか、オレは迷う。

迷っているうちに、加藤先生のお話は、どんどん先に、進んでいく。

「いろいろ腹が立つことがある。それは当たり前だ。だから学生は反抗する。とりあえずは、一番最初に目に付く社会——要するに俺たち教師——教師に向かって反抗する。俺たちも、それに対する心構えは持っている。いや、他の先生がたはどう考えているのか知らないが、俺はいつでも気をつけている。——卒業式のあとが一番危険だ。たぶんお前らはバカじゃねえのって笑うのだろうが、昔はお礼参りという風習があってな。角材でぶん殴られたりしたものだ」

「……そりゃあ、だいぶ痛そうですね」

「頭血だよ頭血。だらだら血が出てな。……ま、まぁ、そんな昔のことはどうでもいい。とにかくだ。いまのお前らはひねくれている。それはおそらく、昔のガキよりも、頭が良いからなのだろうとは思う。——俺たちに反抗しても、なにも変わらないって事を知っている。社会に怒ってみても、どうしようもないってことを知っている。だからお前らは妙に内にこもる。言いたいことを言わない。若さに任せて馬鹿なことをやらない。本気で腹を立てない。……そのくせ、勝手にひとりで、自殺みたいな交通事故を起こしたりするヤツもいる。その友人の喪に服しているつもりなのかは知らないが、テストを放棄、したりするヤツもいる」

「ちょ、ちょっと――」

「いいから黙れ。俺はこれでもな、自費で研修に出てるんだ。児童心理学とかな。青少年の心を考えるシンポジウムとかな。目に付く限り、その手の集まりには顔を出している。いま俺が話してることは、その受け売りがほとんどだ。自分で考えたことじゃない。……だけどな、これはおそらく正しい話だ。問題を正しく捉《とら》えている。それに間違いはない。だが――解決策は、しかし、わからない。……発言者が、問題を提起する。それに対して俺は訊《き》く。『ならば教師はどうするべきか？』答えは、無い。誰も、どうしていいのかわからない。煮詰まっている。煮詰まっていることはよくわかる。それでも、解決方法はどこにも見つからない……」

「…………」

オレは呆《あき》れた。

まったく、よく口の回る人である。

教室じゃあネチネチ怒るだけの馬鹿っぽいオヤジのくせに、いまはなぜだか妙に難しいことを、ベラベラベラベラ話してくれる。

しかし――この人は、実は結構、立派な人のような気もしてきた。真面目《まじめ》に教育問題についてい取り組んでいるらしいのだ。

つまり、偉い人だ。立派な人だ。オレは尊敬した！

……それでどうしたという話でもないのだが。

さらに加藤先生は言った。

「特にだ。特にお前が難しい。俺のクラスの中で、一番お前が難しい」

そんなわけのわからないことを呟きながら、ようやく彼は羊羹《ようかん》に手を伸ばした。

そして――ふいにオレの目を睨《にら》み、低く、呟く。

「大抵のヤツならな、こうやって腹を割って話すスタイルをとってやれば、普通は感動、するもんだ。教室とのギャップでな。勝手に感動してくれる。……だけどお前は笑ってるだろう？　腹の中じゃ、薄ら笑いを浮かべている。……お茶は？」

「…………」

オレは前もって用意しておいた紙コップに、ティーバッグで緑茶を入れた。

加藤先生は二切れほど羊羹を食べると、それを素早くお茶で流し込み、座布団から立ち上がった。

「なんでもいいから勉強しておけ。考えたって始まらないこともある。勉強するのが、いまのところは一番安心だ」

そうしてオレに背を向け、ドアノブに手をかけて――

「追試はあさってだからな。きっちり復習しておけよ」最後にそんな捨てぜりふを残し、彼は廊下へ出ていった。

オレは自分の分のお茶を入れ、それで一息、くつろいだ。

さらに羊羹で糖分を補給してから、下宿を出た。

冷え切った夜の街に自転車をがりがりと走らせながら、オレは、思った。

――加藤先生は勘違いをしている。

オレにはチェーンソー男がいるのだ。

彼が、オレを、待っているのだ。

彼を倒すその日まで、オレはこれでも正義の戦士（のサポーター）なのである。

敵は確かに、そこにいる。

勘違いをしてもらっちゃあ、困るぜ。

4

実際、考えてみれば、これは愉快な生活なのだった。

夜の戦闘、その後に勉強。朝になったら学校に向かい、放課後は渡辺と音楽作り（オレはただ、彼の作業を見守るだけだが）。

なかなかに活動的で、悪くない。まるでオレは、活力に溢《あふ》れる若者だ。

いまのオレを能登が見たら、いったいなんて言うだろう？　もしかしたら、うらやましがってくれるのではないか。歯軋《はぎし》りして悔しがってくれるのではないか。

……いやいや、やっぱりあの頃のように、「どうせダメだぜ」とか「時間の問題だ」とか、よくわからない呪い文句を吐かれるだけか。

まぁともかく。

最近のオレはアクティブだ。むやみに元気な十七歳だった。


夕日の射し込む部室の中で、オレはマイクを握っていた。

「おら、恥ずかしがるな。シャウトしろ！」無茶な命令をする渡辺。

意味不明の詞が書いてある歌詞カードを持たされたオレは、ただひたすらに硬直していた。

「緊張しなくてもいいってばよ。ちょっとした飾りに使うだけだから。フィルターかけて加工する素材だ。お前はできるだけ平坦《へいたん》な声で、その歌詞を叫べばいい。そんだけだ。メインボーカルは、あとで女の子をスカウトしてきて使うからよ」

「女の子って、誰？」

「まだ未定だ。こう、透明感のある声の持ち主を、合唱部あたりから騙《だま》してひっぱってきて――。まぁ、ボーカルなんて、あとでいくらでも差し替えが利く。いいからともかく、まずはお前の音ネタを提供してもらわなきゃ作業が滞るんだよ。はやく叫べ」

渡辺は電子メトロノームのスイッチを入れた。

「これがピッピッピッピって四回鳴ってるうちに、ここまで叫べ。リズムとかはあんまり気にしなくていいから。どうせあとで加工するんだし」

「……よ、よし」

オレは覚悟を決めた。

覚悟を決め、叫んだ。

渡辺は顔をしかめた。

「……やっぱりダメだ。わりい。もういいよ」

「はぁ？」

「帰っていいよ。へたな小細工はヤメにする。……ここまで酷《ひど》いとは思わなかった」

彼が最後にぼそりと呟《つぶや》いた一言で、オレはかなり傷ついた。

渡辺は弁解した。

「いや、違う。違うって。そうゆう意味じゃなくてな。お前の声が聴くに堪えないとか、耳に入るだけで不快になるとか、そうゆうことを言ってるわけじゃなくてな。——そう！トラック。トラックの数が足りねえんだ。だから録音しても使えないって思い出してな」

「……お前、この前、『俺のシーケンサーはメモリ容量が許す限り、トラック数無限だぜ！』って、思いっきり自慢してただろうが」

「いや、だから、ほら。……まぁいい。要するにお前の声はお払い箱だ。いらねぇよ。あっち行け」

開き直りやがった。だいぶムカついたので、オレはイヤミを言ってやった。

「これでアレだよな。これだけお前が自信満々で作ってて、だけどできあがったのがヘボヘボだったりしたら、だいぶ笑える話だよな。ひひひひ！」

しかし渡辺は動じない。

ただ、ニヤリと不敵な笑みを浮かべた。

そこまで自信があるのか。

「まぁいいさ。できあがるのが楽しみだよ」

嘘ではない。本当に楽しみだった。

夜になったらチェーンソー男との戦闘だ。絵理ちゃんとの素敵なひとときだ。

今夜の戦場は、錆《さ》びたジャングルジムのある寂れた公園。

よっぽどチェーンソー男は、この公園を愛しているようだ。ここで絵理ちゃんと密会するのは、今夜でもう三回目になる。

——と、絵理ちゃんはオレの独り言を聞いていたらしい。

「密会ってなによ。いかがわしいふうに言わないでよね」戦闘前のピリピリした雰囲気を漂わせながら、だいぶ剣呑《けんのん》な口調で文句を言ってきた。

「しかし遅いな、チェーンソー男」オレは話題を変えつつ、ローキックの射程からさり気なく脱出した。

「なんか最近、チェーンソー男、弱くなってるような気がしないか？」ジャングルジムの前で寒さに震えている絵理ちゃんの背後に回り込みつつ、平静を装った声で問いかける。

「……うん。そんな気がする。ナイフの消費量が減ったもの」

「もしかして、そろそろ勝てるかもな」会話で気をそらせながら慎重に移動。

――よし。完全にローキックの安全圏内に入った。一安心だ。

これを機に、普段は言えないことを好き勝手言ってやることにした。

「やっぱりさ。オレの助力が大きいような気がしないか？　絵理ちゃんひとりだったら、たぶんアレだぜ。いまごろ有名になってたぜ。――深夜、頭のおかしい女子高生が街を徘《はい》徊《かい》してるって」

「……なによそれ」またまた声が危険域まで低くなった。だけど大丈夫。背後を取っているので、いきなり蹴《け》られる心配はない。

「大体ね、計画性がないんだよ絵理ちゃんは。長い時間待機しなきゃダメだってわかってるんだから、もっと厚着してこいよなぁ。初めて会ったときも、雪の中でぶるぶる震えててさ。凍死自殺志願者か、はたまた木刀を持った追い剝《は》ぎかと思ったよ、いやホント。オレじゃなかったら警察に通報してたぜ。チェーンソー男よりもよっぽど怖いっつーの」

「なにさ。勝手なことばっかり言わないでよ。山本くんだって、そうとうあたしの足ひっぱったくせに――」

オレは振り返ろうとする絵理ちゃんの動きに合わせて、ゆるやかな回避運動をとりつつ、さらにのびのびと言ってやった。

「実はもう、とっくに絵理ちゃん、都市伝説になってたりしてね。『恐怖、ナイフ投げ女』ってな！　ひひひひひ！」

最後の笑いは、しかし、ひきつっていた。いきなりがばぁっと絵理ちゃんが振り向いたのだ。急に旋回スピードを上げてくるものだから、オレの回避運動はもう間に合わない。基本的な身体能力に大幅な差があるのだった。

――蹴られる。かなり思いっきり、蹴られる。

だが、だがしかし、オレはまだまだ諦《あきら》めてはいない。そう簡単に、毎晩毎晩蹴られているわけにもいかないのだ。――そう。オレだって男だ。こんな小娘に、いつまでもナメられているばかりじゃあないぜ。

昨夜、研究したのだ。K―1グランプリを見て、一生懸命ローキックへの対処法を研究したのだ。

そう。まもなく絵理ちゃんは左足を僅《わず》かに踏み込んでくることだろう。それこそがローキックの兆候である。その瞬間、オレは素早く右足に体重をかけ、左足を空中に持ち上げる。このとき、できる限り膝《ひざ》を曲げて、なおかつ、だらんと力を抜くのがポイントだ。そして、迫り来るローキックに対し、斜め四十五度の角度で脱力した脛《すね》を当てる。そうすれば、もっとも効率よく運動エネルギーが分散することとなり、よって、足へのダメージは限りなく小さい。

——そう！　ローキックを打たれながらも平然とした様子を崩さないこのオレを見たならば、おそらくそのとき、絵理ちゃんは畏怖《いふ》におののくことだろう。畏敬の念を抱いてくれることだろう。——なんて強い人なのかしら！　やっぱり男の人って逞《たくま》しいのね！　それを機に、オレたちの力関係は完全逆転。そうしてこの小生意気な女は、ようやくオレの支配下にくだることとなったのであった！　完璧《かんぺき》だ！

おらぁ！　準備オッケーだぜ！　いつでも蹴ってこいやぁ！

「…………」

だが——絵理ちゃんは、なぜだか笑って、微笑んでいた。

オレの肩を、右手でコツンと叩《たた》き、言う。

「ふふん。蹴らないよ。あたしだって、そうそういつだって蹴るわけじゃないのよ。——ね？」

「……なんだそりゃあ？」

「コーヒー、頂戴《ちょうだい》」

オレは命令されるがままに、背中の鞄《かばん》から魔法瓶を取り出した。

「山本くんも、飲む？」

「……い、いただきます」

絵理ちゃんは魔法瓶の外側カップに自分の分のコーヒーを注ぎ、内側カップをオレに手渡した。

「インスタントだけど、寒いから、美味《おい》しいよね」そんなことを言いながら、いまだローキックの恐怖に震えているオレに、なみなみとコーヒーを注いでくれる。

「………………」

そうしてオレたちは、ベンチに座ってコーヒーを啜《すす》った。

絵理ちゃんは、ふうふう息を吹きかけて冷ましている。猫舌なのか。

「寒いよね」絵理ちゃんは独り言のようにささやいた。

「……あぁ。寒いねぇ」

ふたりとも、いつしか月を見上げていた。

ジャングルジムの頂上に、蒼《あお》くぽっかり浮かんでいる。それは綺麗《きれい》な満月だ。

やっぱり死ぬほど寒いけど、なぜだか妙に、いい感じの夜だった。

＊

日曜の昼下がりに近所のスーパーなんかで、偶然に絵理ちゃんと遭遇したりもした。

ＯＫストア。いつだったか渡辺にそそのかされて、高級霜降り和牛を万引きしてしまったスーパーである。

マンガを立ち読みして休日の暇を潰《つぶ》そうと思い、二階へ続く階段に足をかけたとき——見知った制服が視界の隅をよぎったのだった。

「絵……」と声を掛けたところで、オレは慌てて口をつぐんだ。

——物陰から、彼女のプライベートを観察してやろう。

そう決心してみたのである。

野菜売り場コーナーを歩く絵理ちゃんの死角に、すばやく回り込む。

絵理ちゃんはオレンジ色の買い物かごを持っていた。折り曲げた肘《ひじ》にかごをぶら下げ、手を顎《あご》の辺りに添えている。そんな主婦っぽい買い物ポーズをとって、高く積まれたキャベツの山と、その隣の白菜の山を、真剣な表情で見比べていた。

ひとたま百二十円のキャベツと、百五十円の白菜、それらを両方、手に持って、じっくりしっかり見比べている。どちらを購入するべきか——一生懸命、思い悩んでいるらしい。

それはいままで見たことがないほどの真剣な表情だった。鋭い視線を野菜に注ぎ、ぎゅっと口元を引き締めたまま微動だにしていない。

沢山の主婦が行き交う野菜売り場に、どっしりと仁王立ちしている。

「…………」

——それにしても長い。長かった。

絵理ちゃんの野菜選びは、あまりにも長時間におよんでいた。

彼女はいったい、なにをそれほどまでに思い悩んでいるのか？

野菜を選ぶのが、それほどのおおごとなのか？

それとももしや、オレの知らない何か哲学的な問題などが、そこには介在しているのか？　そっと陰から見守るオレも、だいぶ不安になってきた。息が詰まった。

「…………」

と、そのまま立ちすくんでいること数分間。ようやく絵理ちゃんは動き出し、手に持ったキャベツを買い物かごに入れた。

白菜ではなく、キャベツ。それが彼女のたどり着いた結論らしい。よくわからないが。

そうして絵理ちゃんは、今度は次々と野菜をかごに放りこみはじめた。一番最初のキャベツ白菜問題を解決することによって、何かが吹っ切れてしまったようだ。だいぶ無造作な手つきで、ニンジンやらピーマンやら、ミカンやらリンゴやらを、かごにぽんぽんつっこんでいる。

――おお、次は食肉コーナーに回ってくるぞ。

オレは慌てて日用雑貨コーナーに身を隠した。

彼女はすき焼き用高級牛肉の前で立ち止まった。物欲しげな表情で、百グラム四百九十八円のすき焼き肉を見つめていた。

それから「……はぁ」とため息を吐くと、こんどは豚肉方面へ移動した。

トンカツ用の肉を一パックかごに入れ、その後、豆腐やら納豆やらをいくつか手に取り、さらにはササニシキの十キロ袋を左脇に抱え――そしてようやくレジに向かった。

オレは先にスーパーの外に出て、クリーニング屋の前のベンチに腰を下ろし、絵理ちゃんが出てくるのを待ち伏せした。

タバコを一本吸い終わるころに、ようやく絵理ちゃんは姿を現した。

オレは声を掛けた。

「どうして白菜じゃなくてキャベツなんだ?」

手に三つも買い物袋をぶら下げている絵理ちゃんは、「どうしてここに? なんでそれを?」という顔でオレを見た。

そして――「じろり」と目を細め、おもむろに口を開いた。

「どうしてここにいるの? なんでキャベツって知ってるのよ?」

「そりゃあ、アレだ。このスーパーは、オレの行きつけだからだよ。……で、偶然絵理ちやんを目撃したオレは、買い物の一部始終を観察させてもらった！　というわけだ。――いやいや、もし絵理ちゃんが万引きでもしようとしてたなら、泣いて止めようと思ってさ。女子高生ってよく万引きするらしいじゃん。昨日テレビでやってたよ。補導員に捕まって泣き叫ぶ女子高生。そんな悲惨な運命を、絵理ちゃんには味あわせたくはなかったのさ」

オレは早口で適当なことを喋《しゃべ》りながら、さりげなく距離をとった。なんとなく身の危険を感じたのだ。

――が、絵理ちゃんは鋭い踏み込みで、一気に目の前まで距離を詰めてきた。

「だからどうして、声、かけてくれなかったの？」それはずいぶんと迫力のある声で、オレはついつい本音をバラしてしまう。

「いや、絵理ちゃんのプライベートをのぞき見することによって、何か新しい発見がぐうっ！」

やはり蹴《け》られた。

「…………」まぁいいさ。たいしたことはない。

「お米、持ってよ。重いんだから」涙目になっているオレに、有無を言わさず命令してくる。

「あたしの尾行するぐらいなんだから、山本くん、暇なんでしょう？　家まで荷物運びして」

事実、暇だったので、オレは素直に米を担いだ。

絵理ちゃん家《ち》への道中、その数十分間のほとんどは、キャベツ白菜問題に費やされた。

「だからどうしてキャベツなのさ？」もっと他に面白い話題があるような気もするのだが、なぜだかオレは、しつこく訊《き》いた。

絵理ちゃんは進行方向をまっすぐ睨《にら》みながら答えた。

「白菜だと、鍋物《なべもの》だから」

「はぁ？」

「鍋物をしようかと思ったけど、やっぱりやめたの」

「……なるほど」わかったような、わからないような。

「冬は鍋でしょ？　寄せ鍋とか、すき焼きとか。美味しいよね」

「うん」

「いつもは毎年、鍋料理を食べるの。作るのも簡単だし、後かたづけも楽だし、毎日鍋でも、いいくらい」

「ほう」

「だから今年も鍋をやろうと思ったの。すき焼きとかね。美味しいから。あ、別に、鶏肉と鱈《たら》の寄せ鍋でもよかったのよ。それがダメなら、ちょっと奮発してカニでもいいし。毛ガニとか、花咲ガニとか」

「…………」

「でもね。やっぱりやめたの。大変だからね。……鍋を食べるの、想像すると、大変だってわかったから」

絵理ちゃんは「わかった」らしいのだが、オレには何の事やらさっぱりわからない。

「それで結局、普通の材料で普通の食生活をすることにしたの。サラダとか、トンカツとかね。今日は特売日だったから、どっさり色々買い込んで、これでしばらく材料が保《も》つわ」

「料理、絵理ちゃんがするの？」

「当たり前でしょ。コンビニ弁当じゃ体に悪いから、ちゃんと料理を作るのよ。……これでも家庭科の調理実習じゃあ、班のトップリーダーなんだから」そんなことを言って胸をそらした。どうやら自慢しているらしい。

「山本くんは、料理、できるの？」

「ああ、焼き肉とかね。超高級霜降り和牛で」

「ふうん、すごいんだ」

「…………」

——と、そんな嚙《か》み合わない会話を続けること数十分。

絵理ちゃんの家に到着。

ようやくオレは米の重圧から解放された。もう汗だくだ。

「それじゃ、夜までさようなら」肩が痛い。下宿に帰って昼寝しよう。オレは背を向けた。

だが――絵理ちゃんは玄関のドアを開け、どさどさっと荷物を放り込んだあと、立ち去ろうとするオレに声をかけた。

「……ねえ山本くん」

「ん？」

「山本くん、鍋が食べたかったら、買ってこようか？」

「はぁ？」

「すき焼きとか。……あたしの家の風習は、生卵に肉をつけて食べる方式だったんだけど。それがイヤならカニ鍋でもいいよ。カニの足を切るハサミもあるし」

「…………」

「いまからまっすぐスーパーに戻って、ちゃんと材料買ってきて――。そうすれば、山本くんが食べたい材料、なんでもばっちり選べるじゃない。ね？」妙に早口でそんなことを言う。

「……いいや。結構です」オレはやんわりお断りした。当たり前だ。何が哀しくて、一家団欒《だんらん》で鍋物をつつく雪崎家に、オレがおじゃましなければならないのだ。そんな状況、想像するだけで胃に穴が空きそうだ。

「…………」

絵理ちゃんは、しばらくオレを上目使いに睨んだあと、小さく目をそらした。

「……うん。やっぱりそうだよね。……山本くんと鍋なんてやったら、よけいに大変だものね」

まったくだ。大変すぎる。こうして玄関の前で会話を交わしているだけでも充分に大変だ。いつ彼女の親が現れるのではないかと、だいぶ緊張してしまう。

「……それじゃあね」

絵理ちゃんは玄関の中に姿を消した。オレも背を向けて歩き出した。

下宿への数キロを徒歩でとぼとぼ歩くのだ。自転車に乗ってこなかったことを後悔してしまう。

寒い、昼下がりだった。

――と、数歩ゆっくり歩いたそのとき、なぜか再び背後から声が掛けられた。

「山本くん！　それでもチェーンソー男が倒せたらさ！」家の門から顔だけを出して、大きな声で叫んでいる。絵理ちゃん。

「――チェーンソー男が倒せたら、そうしたら大丈夫でしょう？　一緒にすき焼きしても、平気でしょう？」

オレは笑った。よっぽど絵理ちゃんはすき焼きを愛しているらしい。

まぁ、絵理ちゃん家におじゃまするのは絶対に避けたいところだったが、チェーンソー男退治記念には、豪勢なすき焼きなどが、確かに相応《ふさわ》しいような気もする。

オレは振り返り、小声で叫んだ。

「ああ！　そんときは超高級霜降り和牛で頼むぜ！」

そうしてオレたちは、笑顔で別れた。

とはいっても、どうせ夜になれば、すぐにもういちど顔を合わせることになるのだが。

5

朗らか元気な毎日を、オレはしっかり暮らしていた。

渡辺は叫んでいた。「おおおお！　イケるぜ。ぜんぜんイケるぜ。すんげーいいよこれ。最高だよ。パーフェクトだ！」自分の作っている曲を、全身全霊で自画自賛していた。

絵理ちゃんは転がっていた。ゴロゴロ地面を転がっていた。「どう？　雪の上を前転しながらナイフを投げるの。忍者っぽくて格好いいでしょ？　昨日テレビで忍者映画を観て、技の研究に励んでみたんだけど」そんな暇があるなら勉強でもしろよなぁ！　とオレは叫びたかったが、彼女は自分の新技に惚《ほ》れ込んでいるらしいので、「すごいね。格好いいね」と無難な感想を呟《つぶや》いてやるに留《とど》めた。

下宿のお姉さんは早起きして朝ご飯を作っていた。オレたちに食わせる朝ご飯を作っていた。男との失恋はすっかり忘れ、新しい恋に向けて驀進《ばくしん》中という噂だった。そのような噂を、渡辺が教えてくれた。

加藤先生は板書していた。がっがっがっと力強く数式を板書していた。——やはりいまいち数学は苦手だったが、まぁ、赤点だけは免れよう。オレはそう考えた。「問1、久未。問2、梅川。問3、山本」当てられた。オレは蒼白《そうはく》になった。

そうしてオレは、やはり元気だった。

最近は体調までが良い。自転車のペダルを踏む足も軽やかだ。天気が良い日も吹雪の日も、オレは元気に自転車を漕《こ》いだ。後ろに絵理ちゃんを乗せて、自転車を漕いだ。

＊

毎度同じくチェーンソー男を逃がしてしまった、ある夜の帰り道。

いつものようにオレたちは、危険な雪道自転車二人乗りの真っ最中だった。背中の絵理ちゃんを、彼女の家まで送り届けてやるのだ。

寒い深夜だから人通りはまったく無い。

ときどき思い出したように、車がゆっくりアイスバーンの上を走っていくだけ。

ぎしぎし軋《きし》むペダルの音、ただそれだけが夜の街に響いていた。

——と、自転車の後輪ステップに立つ絵理ちゃんが、唐突に口を開いた。

「ねえ、山本くん。どうして毎晩毎晩手伝ってくれるの？　危険だし、寒いし、いい事なんて一つもないのに」

「なんだよ急に？」

「ずっと訊《き》こうと思ってたの。いつか問いつめてやろうと思ってたの。……いいから、さっさと答えなさいよ」

二人分の重さのペダルを必死に漕ぎながら、オレはだいぶん、困ってしまった。

「……どうしてって言われてもなぁ。手伝いたかったから手伝ったとしか言いようが」

「だから一番最初に、どうして手伝いたくなったのかを真剣に考えてみてよ」

「…………」

少しだけ悩んだが、結局、正直に答えてみることにした。

「……まぁ、最初はさ。絵理ちゃんの役に立ちたいとか言ったけどさ。実は結構、アレは嘘で」

「はぁ？」

「いや、まるっきり嘘ってわけでもないんだけどさ。どっちかって言うと、絵理ちゃんのためっていうより自分のためで」

「どういうことよ」

「……つまり、なんて言うかなぁ。暇だったから。いや、それだけでもなくて。……なんつーか、悪者と戦うってのは、ドラマチックで格好いいじゃん。わけのわからない悪者と戦う美少女がいたら、それは普通、誰だって手伝おうとするだろ」

「まじめに答えてってば」

「マジメだよ。オレは真面目だ。……つまり、アレだよ。普段の日常に比べて、なんか意味があるような気がするだろ。よくわからない悪者と戦っている美少女を手伝うってのはさ」

美少女、というところを思いっきり強調しながら説明してやった。

が、やはり絵理ちゃんは納得してくれないらしい。オレは急いで先を続けた。

「――やっぱりオレはさ。普通の高校生だからさ。普通に毎日を過ごして、何十年か、ごくごく普通に適当に生きて、なんということもなくあっさり死んでしまう。たぶんその運命からは逃れられないわけだ。だけど、そんな所帯じみた日常から、まったくかけ離れた事をしてる絵理ちゃんみたいなのに会ったらさ。そりゃあ、なんとしてもくっついて行きたくなるじゃん」

「……よくわかんないけど」

「なんて言うんだろうな。……自分にもよくわかんないけど。絵理ちゃんは、超能力で戦ったりする、バカみたいな夢みたいな世界にいるわけだ。傍からみると、なんかそれは面白そうでさ。だからオレもそっちに行きたかった。最初はそういう感じで」

「………」

「でもさ、最近はさ。それだけじゃないぜ」

「えっ？」

「いや、だからさ、最初に言ったように、絵理ちゃんを手伝いたいと思ってね。こう、純粋にさ」

「……ふうん。そう」

絵理ちゃんは、やっぱりどこか釈然としない様子だったが、ふいに小さく笑ってくれた。

「うん。……それでいいや。自転車の運転手として役立ってるから、それでいいや」

そうして、オレの後頭部を手袋でポンポンと叩《たた》く。

「ほら、スピード落ちてるよ。もっと一生懸命漕ぎなさい」

オレは命令どおり、思いっきりペダルを踏みこんでやった。

「わ、わ」

絵理ちゃんはバランスを崩して、オレの背中にしがみついた。

「ちょっと、危ないでしょ！」

オレは答えず、さらに全力で自転車を漕いだ。腰を浮かして思いっきりペダルを踏んだ。

なんだかよくわからないが、楽しい気分だった。

やはりこの状況はどこまでもバカみたいで、現実味がなくて、オレ自身、自分が何をやってるのかさっぱりわからない。

いろいろと、わからないことだらけなのだった。いろいろと、納得いかないことだらけなのだった。

困ってしまうこともあり、参ってしまうこともあり、だけど、それでも、オレたちは

――

楽しかった。

楽しかったのだ。浮かれていたのだ。

それはおそらく本当のことで、それに間違い、あるわけがない。

――こうゆうのが、いつまでも続けばいいなぁ。

そう思った。

そう思ったさ。

三章

1

中学の頃に、古典の授業で「祇園精舎《ぎおんしょうじゃ》の鐘の声、諸行無常の響き云々《うんぬん》――」とかいうのを習った。

習ったのは良いのだが、そのころのオレは、祇園精舎が一体何であるのかを知らなかった。この街の近くには無いだろうという予想ぐらいがせいぜいであった。当然、祇園精舎の鐘の声なども聞いたことがなかったので、まぁ、たぶん除夜の鐘みたいなものだろう、などなど、だいぶ適当なことを考えていたものだった。

だが、諸行無常という言葉の意味、ただそれだけは、最初からよくわかっていた。

わかっていたし、知っていた。

当たり前の話である。

あまねくすべての人々は、誰だってそんなこと、最初からわかっているはずなのだ。

二十五歳のお姉さんだって、十七歳の高校生だって、それが五歳のガキだって、その皆誰しも、ずうっと知ってることなのだ。

だからちっとも、オレは慌てない。

いきなりいろいろ、ガクンと状況が変化しても、オレはいたって冷静だ。

冷静なのだ。

「………」

状況変化、そのひとつ目は、オレの転校である。

親が東京の方に、とうとう家を建ててしまったらしい。だからオレにも来い、と言ってきやがった。当然、転校してしまったら絵理ちゃんの手伝いはできなくなる。引っ越しは十日後だ。

オレは絵理ちゃんにそれを告げた。

「……へぇ。そう」さらりと流される。絵理ちゃんはオレ以上に冷静だった。

「他になんかないのか？　寂しくなるわ、とか。行かないで、とか」

「今日もがんばって行きましょ。今日は元町の方よ」

それほど気にしてないようで、オレは少々、いや、かなり哀しくなってしまった。

と、そのことがまずひとつ。

ふたつ目は、どうもその日から、チェーンソー男が急に強くなってきたということ。

強くなってきたっていうか、いままでは遊びみたいなもので、とうとう本気を出してきたって感じだ。

ついこの前までのオレたちは「そろそろ勝てるかもね」なんて、だいぶ浮かれていたのだが、ところがどっこい、いまや立場は完全に逆転した。チェーンソー男がオレたちを追いつめていた。

ちょっと大変なことになってきた。

2

チェーンソー男が急に強くなった一日目。つまり、オレが絵理ちゃんに転校してしまうと告げた日の夜。チェーンソー男は、繁華街の薄暗い路地裏に出現した。

深夜十一時のことである。

平日の夜だから、繁華街にも人通りは少ない。路地裏ならば、なおさら皆無だ。

絵理ちゃんはパチンコ屋裏のポリバケツに腰を下ろし、両足をぷらぷらと揺らしながら、赤くかじかんだ両手に「……はぁ」と息を吹きかけていた。

その体は小刻みに震えていて、真っ白な肌が、いつもよりもいっそう、白い。

「…………」

そんな絵理ちゃんの脇で、これまた同じようにガタガタ震えているオレ。

「……遅いね。どうせ出るなら早く出てきてほしいね、まったく」

絵理ちゃんは答えなかった。何も言わずに、路地の向こうの、繁華街の灯《あか》りを眺めていた。

オレもそちらにぼんやりと目をやる。

ゲームセンター。ラーメン屋。カラオケ。居酒屋。

だいぶ昔に空は真っ暗なのに、建物の照明がピカピカ光っていて、辺りはぼんやりと明るかった。

地面のアスファルトは柔らかな雪に覆われている。オレンジ色に照らされた雪は暖かそうで、だが本当は、やはり死ぬほどに冷たい。

絵理ちゃんは暗い路地に目を戻し、学校指定コートの襟を、ぎゅっと締めた。

真っ暗な路地裏に、オレたちだけが、震えている。

寒くて凍える、夜だった。

「…………」

そうしていつしか、どこかから——遠くの方から鳴り響いてきた。

エンジン音が、鳴り響いてきた。

絵理ちゃんはポリバケツから立ち上がった。オレは「気をつけて」と声援を送った。絵理ちゃんは答えなかった。ただ無言で向き合った。路地の奥から姿を現した真っ暗な人影と、絵理ちゃんは向き合った。チェーンソーの爆音は、いまや激しく鳴り響いていた。どるるるるるるんと、狭い路地に反響していた。

「…………」

そうして――

始まった。

絵理ちゃんは転がるように躍り出た。いつのまにか両手に持っていたナイフを、素早く一度に四本も投擲《とうてき》。だがチェーンソー男は、それらをすべて受けとめた。己の体で受けとめた。肋骨《ろっこつ》の隙間にさくさくさくさくとナイフが突き刺さった。しかしチェーンソー男はよろけもしない。微動だにしていない。なぜか？　それはおそらくナイフが心臓に命中していないからなのだ。だからチェーンソー男は逃げもしない。逃げもせず、高々と、高速回転するチェーンソーを振りかぶっている。

けれどもそれは、不条理というものではないのか？　普通ならば、いかに心臓から逸《そ》れているとは言え、ナイフが四本も胸に突き立っていたのなら、それは誰だって死んでしまうだろう。なぜチェーンソー男は死なないのか？　どうしてなのか？

答えは簡単だ。彼は不死身の怪人なのだ。謎の悪者なのだ。

――と、ともかく、このままでは危ない。かなり危ない。チェーンソー男はチェーンソーをぶんぶんと振り回している。絵理ちゃんの脳天めがけて振り回している。それにしても、なんだこれは？　チェーンソー男の動きは、いままでになくスピーディーだ。スピードとパワーが調和しているぜ。危険だ。

――迫る。

絵理ちゃんに迫るチェーンソー。それは高速回転していて、どんなものでもぶった切れる。

絵理ちゃんは大きくのけぞった。

細いあご、その数センチ先をチェーンソーの刃が掠《かす》める。かわした。しかしチェーンソー男は返す刀で絵理ちゃんの胴を狙う。絵理ちゃんはさらに体を大きく反らしたが、間に合わない。オレは駆け寄った。一脚を持って駆け寄った。

「絵理ちゃん――」

制服が裂けた。絵理ちゃんはアイスバーンの上に倒れ込んだ。

「絵理ちゃん！」オレは叫んだ。

が――

「……危なかったけど、大丈夫」

むっくりと起きあがった絵理ちゃんは、チェーンソー男を指さした。

いつのまにか彼の心臓には、見事な角度でナイフが突き刺さっていた。チェーンソーを回避すると同時に、アンダースローで投げていたらしい。

オレはどっとため息をついた。

しかし——ちょっと話が違うぜ。絵理ちゃんが死にそうになってどうするんだよ。

「制服……切られちゃった」絵理ちゃんは人ごとのように、そんなことを呟《つぶや》いた。

——で、結局いつもと同じように、チェーンソー男は空に飛んでいった。

＊

そして、その次の日。

観光地になっている教会の庭に、オレたちはいた。

「あそこ」と絵理ちゃんが指さす教会の尖塔《せんとう》を見れば、その鋭く尖《とが》った先端に、チェーンソー男が仁王立ちしていた。

風が強い。吹雪だ。だけどチェーンソー男は不安定な足場の上で、微動だにしていない。

と、いきなりコートの裾《すそ》をはためかせて飛び降りてきた。

空中でチェーンソーのエンジンを始動。着地と同時に斬りかかってくる。絵理ちゃんは雪の上をごろごろ転がってかわす。と同時にナイフを投げる。しかし弾《はじ》き落とされる。

——距離を取る暇もなかった。地面から起きあがる暇もなかった。中途半端な姿勢の絵理ちゃんを、チェーンソー男は猛烈な勢いで蹴《け》った。

絵理ちゃんは思いっきり鳩尾《みぞおち》を蹴られて地面をバウンド。背中を丸めてせき込んでいるところにチェーンソーが振り下ろされた。

それを——オレの一脚が受けとめた。チタン製の一脚から白い火花が飛び散った。

オレは初めて役に立った。しかし、シャレにならない。マジで危ないところだった。

ともかく、その隙に絵理ちゃんはナイフを投げまくり、何とかチェーンソー男を撃退。

まだお腹を押さえて苦しそうにしている絵理ちゃんに肩を貸しながら、オレは青白くライトアップされた教会の庭を後にした。


自転車を停めてある駐車場まで移動する途中で「もう大丈夫」と、絵理ちゃんはオレの肩から体を離した。だけどなんだかおぼつかない足取りだ。

「ほんとに大丈夫?」

「うん。平気」

といいつつも、絵理ちゃんは地面の氷に滑って転び、雪の吹き溜《だ》まりに顔を突っ込んだ。

「うははは」

オレは笑った。笑って、すぐに後悔した。あとでローキックを喰《く》らうと思った。だけど絵理ちゃんは無言で起きあがって、やはりふらふらと歩き出した。

脚を引きずっている。怪我をしているらしい。

「ちょ、ちょっと待って」

オレは絵理ちゃんの目の前まで駆け寄った。

背中を向けてしゃがむ。

「何？」

「何って、いやあ、ほら、アレ。お、おんぶっていうの？　よくあるじゃん。怪我した女の子を男が背負って、それで恋が芽生えるって感じの。あ、いやいや、別に他意はないんだよ。うん。痛そうだから」

そう背後の絵理ちゃんに説明しながらも、後頭部を蹴られたりしそうで、だいぶ不安だ。

だけど絵理ちゃんは、いつになく素直だった。

「……ありがと」と、呟《つぶや》く。

かなり意外だ。

それに――なんか元気がない。まだ蹴られたお腹が痛いのだろうか？

ともかく、オレは絵理ちゃんを背負った。絵理ちゃんの体はすこぶる軽い。いつもあんなに飯を食ってるのに。不思議だ。

駐車場まで歩いていく。

二人とも寒さに備えて厚着している。だから背中にはなんの感触も伝わらない。それを少し残念に思う。

「………」

首筋に息がかかる。それは暖かく、くすぐったい。

やっぱり辺りには誰もいなくて、しん、と静まりかえった夜は、なんだかとても寂しい感じがした。

一歩歩くごとに、足元の雪がサクサク音を立てる。

「…………」

無言だった。

なんとなく転校のことを考えた。絵理ちゃんと会えなくなることを考えた。

それはすごく辛《つら》いことのような気もするし、どうにもやりきれないような気もする。

だけど、これでいいのかもしれないとも思う。このままなんとなく一週間をすごし、普通に平和にこの街から離れてしまう。そんな感じの身のこなしこそが、一番めでたいやり方なのだろうと思う。

脈絡もなく、バイクで死んだ能登のことを思い出した。能登はバカだったくせにいつも悟り顔で、オレと渡辺に、哲学的なんだか抽象的なんだかよくわからない、変な話を聞かせてくれたものだった。

もう能登の話は、いまいちよく思い出せないけど、彼が語った言葉は、いまのオレに関係があるような気がした。……だからどうしたと言うこともないけど。

自転車の所までたどり着いた。

絵理ちゃんを下ろそうとしゃがみかけたとき、彼女は口を開いた。

「……山本くん」

「ん？」

「やっぱり……何でもない」

「なんだよそりゃ」

それきりオレたちは何も言わなかった。

雪道自転車二人乗りは、やっぱりものすごく疲れる。

オレはいつものように、絵理ちゃんを彼女の家へと送り届けた。

そのあと下宿に帰って、すっきり寝た。

こんなもんだ。なにごとも。

わかってるさ。

なぁ——能登。

3

次の日も、その次の日も、オレと絵理ちゃんはギリギリで生還したものの、紙一重であの世行きといったところだった。

戦いの最中、オレは何度も死を覚悟した。それでも、まぁともかく、絵理ちゃんだけは身を挺《てい》してでも守ってみせる所存だ。

危ない！　と思ったら、オレは速攻で飛び出して、一脚を思いっきりチェーンソー男に振り下ろしてやる。ときにはチェーンソーを受けとめてみる。

当然、反撃もある。鋭く唸《うな》るチェーンソーが、ぶんぶん飛んでくる。オレはなんとか避けてみる。体を捻《ひね》ってスウェーバックだ、ダッキングだ。どうだ？　格好いいだろう絵理ちゃん！

——と思ったら、こんどは絵理ちゃんに後ろから思いっきりタックルされて、五メートルほども吹っ飛ばされた。背骨がみしみしいった。

「何やってるのさ、死んじゃうよ！　ひっこんでて！」怒られる。

実際、運が良かったからまだ生きてるものの、もう軽く十回以上は死んでいてもおかしくなかった。

渡辺から借りた一脚も、とっくにボロボロだ。

返す時になんて言えばいいのかわからない。いっそのこと返さないで転校してしまおうか。どうせあいつのことだ。この一脚も万引きしたものに違いない。

だが——

いやいや、それともやはり。

どうなんだろう？　オレは何がしたいんだろう。そもそも何がしたかったんだろう。

またも死にそうになった夜の帰り道。

街は今夜も寒かった。

すでに時刻は夜の十時を回っている。

この時間になると、車も人もぜんぜん通らなくなってしまう。静かに雪が降る夜の街を、無謀な雪道自転車二人乗りのオレたちだけが走っていた。

——その途中。

「山本くんはもう来ないで。これ以上守れない」

後輪のステップに立ち乗りしている絵理ちゃんは、唐突にそんなことを言いやがった。

「何言ってんだよ。この前はオレが守ってやったのに」

「この前はたまたまでしょ。昨日なんて、お腹、ばっさり切られちゃったでしょ。チェーンソーで」

「いや、掠《かす》っただけだって」

皮一枚を切られただけだ。絆創膏《ばんそうこう》を貼っておけば大丈夫な程度だ。

「あと五センチ深かったら、どうなってたと思うの？　山本くんはお腹から腸をはみ出して、雪の上をのたうち回って死んでたのよ」

そう言われてみると、それは確かに恐ろしいことだった。ダウンジャケットも切り裂かれてしまって、新しいコートを買うことになったし。

「……でも、ここまできて今さら」

「どうせ山本くん、あと三日でいなくなっちゃうんだから、もう関係ないでしょ」

「いや、まぁ、そうだけどさ。せめて最後くらい——」

そう口に出したとき、ふと気づいた。

絵理ちゃんはこれから一人でどうするのだろう？　いや、戦闘力としてはオレがいてもいなくても、たいして変わりはないけど。だけどチェーンソー男は日を追うごとにどんどん強くなっていく。まだまだ強くなっていくような気がする。

このままオレがいなくなったあとも一人で絵理ちゃんが戦い続けていたら、いつか。

「そうだよ！　どうするんだよ？　このままじゃ絵理ちゃん、死——」

——おっと、横断歩道の信号は赤だ。オレは後輪ブレーキをかけて自転車を停めた。目の前を一台の車が通り過ぎて行く。雪に反射するヘッドライトと街灯で、夜の街は一面オレンジ色だ。

「……あたしは死なないわ」オレの頭の上で、絵理ちゃんはぽつんと呟《つぶや》いた。

オレは赤い信号を睨《にら》みながら、訊《き》く。

「なんでだよ？　もう何回も死にそうになってるのに。どんどんチェーンソー男は強くなっていくのに」

「だから死なないってば」

「どうしてそう言い切れるんだよ。チェーンソー男はいくら切っても突いても死なないし。絵理ちゃんはいくら強いとはいえ、チェーンソーで切られたら、たぶん死んでしまうだろ」

「……だから、大丈夫」

「どうして？」

「……大丈夫だから大丈夫」

「なんだそりゃ」

「…………」

もう絵理ちゃんは何も答えなかった。

オレの肩をぎゅっと摑《つか》み、その手は、なんか、震えているようだった。

横断歩道の信号が青に変わった。

ペダルを踏もうと体をかがめたそのとき——首筋に何か暖かいものが落ちてきた。

振り返ると、絵理ちゃんは泣いていた。

「な、何泣いてんの？　言い負かされたからって普通泣くか？　小学生か？」

気が動転して、ついついそんなことを言ってしまう。

「……ひ……ひっく……う……うるさいっ！」

絵理ちゃんは自転車から飛び降りた。

「ちょ、ちょっと待って。どこ行くの？　待って。悪かった。オレが悪かった。ゴメン。謝るから。ほら、謝るから」

「……ひっく……ひくっ……」

絵理ちゃんは、しゃっくりしながら逃げていく。

オレも自転車から降りて、足で走って追いかけた。

コンビニの裏で、ようやく追いつく。手を握って捕まえた。

「どこ行くんだよ？」

「……あたしの勝手でしょ。ついてこないでよっ！」

絵理ちゃんはオレの手を払いのけた。オレはしつこくもう一度捕まえた。さらにそれを絵理ちゃんは振り払った。その右手を、オレはまたもや摑んでやった。ちょっとしたカンフー映画なみの攻防を、かなり激しく繰り広げてみた。

と——どうやら絵理ちゃんは、このままでは埒《らち》があかないと判断したらしい。オレの胸を両手で突き飛ばしてきた。それはかなりの高威力で、オレは一メートルほど吹き飛ばされた。しかしなんとか踏みとどまる。

だが——あぁ、この距離はやばい。絶好の間合いだ。そのうえ絵理ちゃんは、だいぶ頭に血が上っている。

間違いない。くるぞくるぞ。そろそろくるぞ。

ほらきた。最高に鋭いローキックが迫ってきた。しかしなんだこれは？　いままでに一度も見たことのない、それは最高潮に鋭いローキックだ。見事に体重が乗り、腰から足への回転運動が恐ろしいほどに決まっている。つま先あたりの速度は、すでにマッハを超えているのではないか？　あぁ、そうか、わかったぞ！　絵理ちゃんは本気だ！

——助けて！　いやしかし！　ガード！　ダメだ間に合わない！　太股《ふともも》の辺りでメキッという音がした！

「ぐあっ！」

ひどい衝撃にオレの体は空中に浮いて、さらにそのますごい勢いで半回転、側頭部から雪の上に叩《たた》きつけられた。

肺の中の空気が、ぜんぶ外に漏れた。

息ができない。

痛い。

「ぅ……ぅぅ」涙が出てきた。

絵理ちゃんはオレを見下ろして「ふん」と鼻を鳴らした。それから小さく鼻水を啜《すす》った。

が、しばらくすると、オレの頭の前にしゃがみこんで、肩の辺りをつついてきた。もちろんオレの方には、それにかまっていられる余裕など無い。痛いのだ。痛くて死にそうだ。救急車！　と叫びたかった。

だが——そのまま苦痛に呻《うめ》くこと数分間。ようやく絵理ちゃんは不安げな素振りを見せてくれた。

「だ、だ、だ……だ、大丈夫？　痛かった？　折れてない？」オレの顔をのぞき込んで、そんなことを訊く。だいぶあたふたしていた。

オレは雪の上をのたうち回ったまま、右手の親指を立てて、『大丈夫』というメッセージを送った。

「……ひっく。……そ、そう。……よかったわね。それじゃあね」

絵理ちゃんは涙を拭《ぬぐ》うと、またまた背を向けて走り出していった。

「ちょっと……そりゃあないぜ」

オレは歩道を這《は》いずりながら、鞄《かばん》から一脚を取り出した。

それを一メートル半ほどの長さに伸ばして杖代《つえ》わりにし、なんとか立ち上がる。

右足一本でぴょんぴょん跳んだ。アイスバーンに滑って転び、顔面が雪に埋まった。

もう一度起きあがって、叫ぶ。

「待てよ、待てってば！　なんか知らないけど、謝るからさ！」

ローキックを喰《く》らった左足は、いまやまったく感覚がない。腫《は》れてしまって、動かない。

こりゃあ、一週間はあとを引きそうだ。

……まぁいいさ。

オレは涙を拭《ふ》いた。

ひたすら絵理ちゃんを追いかけてやった。


たどり着いた先は、南高近くの公園だった。ときどきクラスの友人と放課後に寄ってみたりすることもあった、なかなかにいい感じの市営公園である。

脇を流れる小川のせせらぎなんかが、夜の闇に、ひどく静かに響いていた。

――しかし、よくもまぁ片足だけで絵理ちゃんに追いつけたものだ。オレは自分を尊敬した。

やはり何事も、知恵がモノを言う。

絵理ちゃんを追跡する際、オレは彼女の罪悪感を、最大限に利用してやったのだった。

『大変だ！　大腿骨《だいたい》が肉を突き破って外に飛び出している！』

『もう歩けない！　置いて行かれたら凍死してしまう！』

『早く手当をしてくれないと、一生障害が残るぞ！　恨むからな！』

『痛いよう！　痛いよう！』

そんな大嘘（一部事実も混じっている）を叫んでやるたびに、絵理ちゃんは足を止め、心配そうな顔でこちらを振り返った。その隙に追いついてやろうと思って、片足跳びのスピードを上げると、しかしまたもや彼女は背を向けた。

距離が離れては大嘘を叫び、距離が縮んでは絵理ちゃんが逃げる。

——このままでは、朝までこんな追いかけっこを続けてしまいそうだ。そう判断したオレは、絵理ちゃんが見ているところで、思いっきり転んでやった。

『もうダメだあ！　一歩も歩けない！　絵理ちゃんのせいだ！　責任とれこの野郎！』

かなり疲れ果てたオレは、だいぶ投げやりにそう叫んだ。

足を止めた絵理ちゃんは、恐る恐るといった様子でこちらを見た。駆け寄るべきかどうか、迷っているらしい。オレは敢《あ》えて何も言わずに、道路の真ん中に大の字になって寝転がった。この時点では刺激しない方が良いのだ。

で、そのまま待つこと数分間。

絵理ちゃんは、呆《あき》れるほどに遅い足取りでオレに近づいてきた。

辛抱強く、オレは待った。

あと一歩、もう少しだ。もう少しで手が届く。

——いまだ。

絵理ちゃんの靴が目の前に来た瞬間、オレは素早く彼女の足首を捕まえた。

「ひゃあ！」絵理ちゃんは奇声を発して、またもや慌てて逃げ出そうとした。しかしオレは捕まえた足首を離さなかった。結果、数十メートルほどもずるずると引きずられてしまった。

口に大量の雪が入った。

まぁいい。ともかく捕まえた。

しかし、絵理ちゃんを捕まえたのは良いのだが、彼女はいまだに泣きそうな顔をしていた。というか、断続的にしゃっくりを続けていた。一方、オレの足もだいぶ痛かった。

そこでオレたちは、近くにあった公園でひと休みすることにした——というのが事の顚《てん》末《まつ》である。

「……いやぁ、まったく、参ったね」

オレたちは手を繋《つな》いだまま（また逃げられないように捕まえているのだ）公衆トイレの前のベンチに腰を下ろした。

「ひっく」

絵理ちゃんのしゃっくりは止まらなかった。目も真っ赤だ。やはりオレの足もひたすらに痛い。

ちょっと困った状況だった。

「…………」

まぁ、しかたがない。ここは一発、すっきり絵理ちゃんを慰めてやるのがオレの仕事だろう。

——バッチリしゃっくりを止めてやるぜ！　と、決心してみた。

何が悲しくてしゃっくりしているのかは知らないが、それはこの際、あまり重要な問題ではない。

いつかの渡辺の言葉を思い出す。

『女なんてのはなぁ。脊髄《せきずい》反射で泣くもんだ。たいした理由はねえんだよ。だから泣きやむのにも理由なんて必要ない。クールな面白トークで笑わせてやればイチコロだぜ！』

はたして渡辺に、女を泣かせたり慰めたりした経験が本当にあったのか、それは大いに疑問だったが、まあともかく、笑わせてやれという方向性自体に間違いは無いはずだ。

そこでさっそく面白トークを繰り広げてみることにする。

「い、いやぁ、ちょっとこれから唐突な話をするけどさ。気にしないで聞いてくれ。——さてさて。そうそう。実はこの前さ、知り合いの渡辺って男が万引きで捕まりそうになって。うんうん、凄《すご》かったよこれが。ＯＫストアの二階の本屋でエロ本をどっさり鞄に入れたらさ、そこにいきなり私服警備員が飛びかかって、ちょっとした一大アクションだったよ。いやいや、マジで凄かった。渡辺は泣きそうな顔でダッシュしてさ。主婦を突き飛ばして一気に階段を飛び降りて。オレはもう、腹を抱えて笑ったね。いや、まったく。……ね。面白いね。最高だね。そう思わない？」

「……ひくっ」

なんてことだ。絵理ちゃんはますますぐったりしてしまった。いまにも激しく泣き出しそうに見える。

どうやら余計に状況を悪化させてしまったらしい。これは完全にオレの失敗である。話題の選択をミスったか。

それに――あぁ、ますます大変なことになってきた。

次の話を考えているうちに、絵理ちゃんは小刻みに肩まで震わせ始めやがった。

そのうえ――なんだろう、これは？

いつのまにやら、オレの手までもが震えていた。

オレはその震える手でタバコを取り出し、さらに面白い話を思い出すべく、必死に頭を回転させた。

面白い話、面白い話――

「……ひっく」

「…………」

オレの手は、やはりいまだに震えていた。

それはおそらく、絵理ちゃんと繋いだままの右手を通して、彼女の震えがこっちにまで伝わってきた、と、きっとそーゆーことなのだろう。タバコを持つ左手までが細かく震えるのだ。

しかし、そのような震えなど、オレはまったく気にしない。どうせもうすぐ治まるので、だいぶ困ってしまう。

オレの力強い面白トークで、すべては上手《うま》く、解決する。そうだろう？　たぶん。

「…………」

にしても、寒い夜だ。

ひたすらに、寒い。だから、もしかしたら、ただ単に寒くて震えてるだけなのかもしれない。オレたちは、寒くて寒くて仕方がない、だからひたすら震えている。そーゆーことなのかもしれない。そうも思う。いや、そうに違いない。

だから、そう。これは、しかたがないのだ。

こうやって、手を繋いだままベンチに座って、互いに目を逸《そ》らしたまま、震えている。それはだいぶ奇妙な状況だ。だけどもこれは、もう、どうしたってしかたがないのだ。寒いからな。まったく。

当然この震えには、それ以外の他意などない。怖くて震えているとか、寂しくて震えているとか、そのようなつまらない話なんかは、これはもう、ぜんぜん関係ない。どっちみち、もうすぐ治まるし。

ああ。もうすぐだ。

もうすぐいろいろ、すっかり終わる。だけどそれでも、ぜんぜん大したことはないのさ。

わかっているぜ。

なぁ能登。

そうだぜ。オレはわかっている。わかっているけど気にしない。誰だって知っていることだ。誰だって最初からわかっていることだ。

だからともかく今このとき、オレは絵理ちゃんを笑わせてやる。面白い話で笑わせてやる。ただそれこそが、オレの使命なのだ。

――だから、アレだ。たとえば、あの話なんかはどうだろう?

お前の素敵なノンフィクションなんて、きっとこの場に最高じゃあないか?

それは半年前の、本当にあった愉快な話。この公園で実際に起きた、素敵なノンフィクション。オレと渡辺と、そして能登の、かなり楽しい思い出話だ。

今からオレは、それを話すぜ。

爆笑させてやる。

「――聞いてくれ絵理ちゃん! それは半年前のことだった!」最高潮に力強く、オレは口を開いた。

しかしオレたちはガタガタガタガタ震えていた。寒いな。まったく。

まぁいい。先を続ける。

「――半年前のあの頃は良かったよ。それはそれは良い時代だった。なぜかって? そりゃあもう、決まってる。いまみたいに寒くないからだよ。今みたいに寒いと、もう、体が条件反射でガクガク震えて大変だ。まったく。――まぁ、別にそんなことはどうでもいいんだけど。大切なのは、その頃、この公園は、とてもポカポカ暖かく、それはそれはいい環境の公園だったなぁ、ということだ。いつもトイレも綺麗《きれい》だし、良い感じの小川なんかもすぐ近くを流れてる。暇な放課後は、ここでじっくり暇を潰《つぶ》したものだったよ。なかなかに。――で、ここでちょっと話が飛ぶから気をつけるように。いいね。飛ぶよ――」

――さてさて。オレのクラスの2―Aには、ちょっと可愛い女の子がいた。いたっていうか、いまでもいるけど。もちろん可愛いと言っても絵理ちゃんほどじゃあない。当たり前の話だけどさ。――で、その娘、里美とかいう名前なんだけど。勉強もそこそこできて、なかなかに明るい、いい感じの娘。その里美ちゃんは、港君とつき合っていた。港君。知らない？　知ってるわけないか。――港君はね、ちょっと不良っぽい男でね。ときどき、他校の生徒とケンカした話なんかを、昼休みに得意げに語るようなナイスガイなんだ。背も高く、不良っぽいってこともあって、港君は里美ちゃんのハートをがっちりキャッチ、していたらしい。

ところがそんなある日、重大な事件が勃発《ぼっぱつ》した。港君の友人、鳥越君が――あぁ、彼もちょっと不良系のイカス男でね。ムカつくことに結構モテるんだこれが。彼はグレイだかなんだかのコピーバンドみたいなのやっててね。渡辺なんかは「ダサダサだ！　最悪だ！」とか言ったけど。

――で、その鳥越君。彼がなんと、なんと恐ろしいことに、裏で里美ちゃんとくっついていた。つまり鳥越君は、友人であるところの港君を裏切っていた！　いわゆる三角関係ってヤツらしい。凄いね。テレビみたいだね。そーゆーことって本当にあるんだね。まったく。

で――その話を、渡辺はどこからか小耳に挟んできて、オレと能登に教えてくれた。聞くところによると、港君と鳥越君は、その日の放課後、この目名川公園で話をつけるという。――話をつける。要するに、ケンカだろう。愛する人を自らの手に取り戻すために、彼らは己の拳《こぶし》で話をつけるのだ。――そう予想したオレたちは、かなりだいぶウキウキしてきたよ。こんな面白いイベント、滅多に見られないからね。

それで、放課後になると、オレらは港君たちに先回りして、この公園に忍び込んだ。

そこの大きな木の陰に隠れて、港君たちが来るのを待った。いやいや、なにものぞき見しようというわけじゃない。ただちょっと、ケンカをするところを見学しようと思っただけだ。三角関係がもつれた果てに、殴り合いのケンカをするなんて、他じゃあちょっと見れないからね。最高のイベントだ。見逃せるわけがない。

あぁ――それは穏やかな昼下がりだったよ。高く昇った太陽の日差しは、暑くもなく、寒くもなく、木の陰に隠れたオレたちを暖かく照らしていた。

と、ともかく、オレたちは待った。港君たちが来るまで、木の陰に隠れて辛抱強く待った。

そして来た。港君と鳥越君が来た。

オレはドキドキした。これからケンカが始まるのだ。

『この卑怯《ひきよう》者！』

『俺は里美を愛している！』

『ドカッ、バキッ』

って感じの、テレビのドラマみたいな格好いいケンカが繰り広げられるのを、オレたちは期待していた。

だけど——

だけどなぜだかその期待は裏切られた。

『ごめんな、港』

『……いや、俺も悪かったよ』

『これからも友達でいようぜ』

『ああ、わかってるよ』

奴らはそんな感じの適当なことを、中途半端な笑顔で話してやがった。

「……バカらしい、帰ろう」オレは言った。

「おう。ぜんぜんつまんねーな。時間の無駄だったぜ」渡辺はかなり悔しがっていた。

それでもともかく、オレたちは帰ろうとした。つまらない港と鳥越にだいぶ腹を立てもいたが、よくよく考えてみれば、別に彼らにはオレたちを楽しませる義務などぜんぜん無いのだ。だから諦《あきら》めて大人しく帰ることにした。

――だけどだ。

だけどひとりだけ、「納得がいかない」という顔をして、港と鳥越を睨《にら》んでいるヤツがいた。

能登だ。

「……ふざけんなよ。そんなのねーだろ」能登はぶつぶつ呟《つぶや》いていた。

「なにが、俺も悪かった、だよ。なにが、これからも友達、だよ。ふざけるんじゃねーよ」

なぜかは知らないが、能登は怒っていた。

能登。普段は大人しい無害なヤツなのだが、ときどき彼は、オレたちのよくわからないポイントで急激に怒りだして、無茶な行動を繰り広げてしまう傾向があった。

いつもの彼は、そう、限りなく無口で、常に自分の周囲に、ビクビクと、おどおどと、落ち着かなげな視線を張り巡らしていたものだったが。

——彼は神経質だった。体も弱かった。体育なんかじゃ、オレよりも運動神経がなかった。それでもなぜか、格好いいヤツだった。男のオレから見ても、妙に格好いい男だった。目つきは悪い。常に、底の、地べたの方から、高いところを睨《ね》め付けるような、そんな目をしていた。色も白い。不健康に青白い。

「乾布摩擦でもして鍛えろよなぁ！」と、オレは彼の背を叩《たた》いたものだったが、彼は曖昧《あいまい》な表情で言葉を濁した。いまならば、その理由がどことなくわかる。彼の魅力は、その不健康さにこそあったのだと、そんなことをオレは思う。

——ともかくだ。能登は心も体も弱々しく、だがしかし、一点集中的にとんがっていたのだ。怒っていたのだ。

そう。彼は常に怒っていた。周囲に怒り、周囲に怒る自分に怒り、自分に怒る。

彼は許せなかったのだ。いろいろなことが許せなかったのだ。なにに怒って、許せなかったのか、それは結局、ほんの上辺だけしかオレと渡辺にはわからなかったのだが、だけど、ただそれだけのことでも、オレたちは友達だった。

そうして能登は、怒っていた。

「ふざけるんじゃねーよ。なに仲直りしてんだよ。たいがいにしろよ！」

能登は、木の陰から飛び出た。

港と、鳥越の前に、転がり出た。その姿はあまりに馬鹿馬鹿しく、午後の日差しの逆光に、ひどくまぶしく照らされていた。

そして能登は——殴りかかった。まずは港に、つぎに鳥越に。殴り、殴って、唐突な出来事のショックから回復した鳥越に殴り返され、港に殴り返され、その辺りでようやくオレと渡辺が飛び出して——

ようやく、ことは収まった。

能登が、この一連の出来事のどこに怒りのポイントを刺激されたのか、それは結局、オレたちにはただ想像することだけしかできない。なぜならば「お前、何に腹を立ててたんだ」と疑問をぶつけてみたとしても、彼はもう、どこにもいないからだ。だけどオレには少しだけ、わかった。彼の怒りがなんとなくわかった。

「いいのか？　お前それでいいのか？　もう心が変わったのか？　それとももしや、すぐに自分の心が変わるのを知っているのか？　だからそうやって曖昧にしてるのか？　だったら、それはどうなんだ？　それはイヤじゃないのか？　腹が立たないのか？　ムカツかないのか？　理不尽だと思わないのか？　そんなもんだと諦めているのか？」

それが、彼の怒りだった。

その怒りは、遥《はる》か昔に港と鳥越を飛び越えて、オレと渡辺をもすり抜けて、どこか遠いところの誰かへ向けて、まっすぐしっかり向けられていた。その誰かとは、もしかしたなら彼自身だったのかもしれず、はたまた、もっと具体的な何かの思い出だったのかもしれない。そこら辺のことはよくわからないが、まぁ、どうでもいい。

ともかくも、一番重要なのは、彼はとにかく怒っていた、と、そーゆーことだ。

で、強すぎる怒りは、ときに爆笑をもたらしてくれる。他人から見たら滑稽《こっけい》でしかなかったりする。面白くて面白くてしかたがなかったりする。

事実、オレと渡辺は数日間も、それをネタにして笑いあったものだった。

だから――だから絵理ちゃんも笑ってくれることだろう。大口を開けて笑ってくれることだろう。

「ね？　そうだろう、絵理ちゃん」

「……もういいよ、山本くん」

「ちょっと素敵なお話だったろう？――そこの木の陰だぜ、オレたちがいたのは。港と鳥越には何の関係もない第三者の能登ってヤツが、勝手に怒り出して、殴りかかって、逆に殴り返されて、酷《ひど》い目にあったって話。だいぶ爆笑だと思わないか？」

「……もう、いいよ」

絵理ちゃんは「やりきれない」という顔をしていた。

オレはにっこり微笑んだ。

――あのとき能登は、叫んでいた。殴り、殴られ、オレと渡辺に取り押さえられながら、それでもしっかり叫んでいた。

「根性無しが！」

オレは笑顔で謝った。

「ごめん、オレは根性無しだ」

「もういいってば、山本くん――」

オレはなんども笑いかけた。なんどもなんども笑いかけた。それは傍目《はため》にはひどくおぼつかない、どこまでも曖昧な笑みであったことだろうが、それでもオレは、笑い続けた。しまいには声を出して笑ってみた。

誰かが言った。

『どんなに辛《つら》い物事も、笑っていれば、大丈夫です』

そうなのだろう。事実、笑っていれば、それほど辛いことなど、どこにもありはしない。だから絵理ちゃんも笑っていてくれ。それこそがオレの願いである。

いやいや、そもそも、この一連の思い出話に笑いのツボを押されない絵理ちゃんは、ちょっとセンスが古いのだろう。

笑いどころ満載のお話だったのに、どうしてそんなに辛そうな顔をしているのか、なぁ、絵理ちゃん――

……だけど結局、最後まで絵理ちゃんは笑ってくれることがなかった。

泣きやんではくれたようだったが、それはまぁ、支離滅裂で意味不明なエピソードを、一方的に三十分近くもベラベラベラベラ喋《しゃべ》られ続けたら、それは誰だって泣きやむだろう。ちょっと遺憾なことだったが、まぁ、終わり良ければすべて良しという言葉もある。ベストを尽くしたと信じておくことにした。

――で、そのまましばらくベンチにぼんやり座り続けること数分。

絵理ちゃんが言った。

「帰ろうよ」

オレは繋《つな》いでいた手を離し、自分はもう少しこの公園で休んでいく旨をつたえた。

「……そう」絵理ちゃんはベンチから立ち上がった。

寒い夜だった。

月もなく、星もなく、公園の心細い水銀灯だけが、ぼんやり辺りを照らしている。

絵理ちゃんの顔は、青白い水銀灯の逆光で、あんまりはっきり、よく見えない。

「あと三日だね」絵理ちゃんは言った。

オレはうなずいた。

「引っ越し支度とか、ちゃんと終わった？」

もう一度、オレはこくりとうなずいた。

「だけどさ山本くん――」

そこで絵理ちゃんは言葉を切った。

「まだ、明日もあるよ。明後日もあるよ。それまでになんとか――」

そして絵理ちゃんはオレに背を向け、低く、小さく、ささやいた。

「それまでになんとか――絶対、必ず、あいつを倒す。それがあたしの宿命だから」

オレは慌ててベンチから立ち上がろうとした。しかし足元の雪に滑り、なおかつ左足に、まだ力が入らなかったので、思いっきり転倒してしまった。

「それじゃあね、山本くん。あったかくして寝るんだよ」

その言葉を最後に、絵理ちゃんは全速力で走り去っていった。追いつくのはもはや不可能だった。

＊

……で、オレは重い足をひきずって、下宿に帰宅。

上手《うま》い具合に窓から進入して部屋に戻り、ベッドに腰をかけて、渡辺から借りたアコースティックギターをかき鳴らしてみた。

「あーあー、どうして僕たちはー、出会ってしまったんだろうかー。まったく、悲しい話だぜー。うぉううぉおううぉおおおー」

最後の雄叫《おたけ》びでAm、F、G#、C、と繋げるつもりだったが、やはりFのコードが上手く押さえられず、ギターは耳障りな不協和音を立てた。

「うるせえバカ！　死ね！」隣室の渡辺が壁を殴った。どうやら寝ているところを起こしてしまったらしい。すまん。

オレは心の中で深く謝ってから、ベッドに潜った。

――ともかく、明日だ。

明日、絵理ちゃんを説得してやる。

「チェーンソー男と戦うのは、危ないからやめなさい。もうやめなさい」明日、必ず、そう説得してやる。

ベッドの中で、そんなことを決心した。

4

だいぶ昔に廃棄されたトンネルの中で、オレは絵理ちゃんに頭を下げていた。昨夜の決心を実行に移すべく、ぺこぺこ頭を下げていた。

「お願いだ！　いや、お願いです。もう危険なことはやめてください。……あぁ、ホラ、もうすぐ十時だよ。毎晩毎晩こんな遅くまで外出してたら、パパに叱られるよ。そろそろ家に帰った方がいいと思うよ。チェーンソー男のこととかはサッパリ忘れてさ」

「ダメ」

「わかんねー女だな、まったく。……あ、いや、ともかく、これ以上戦ってたら死んじゃうって、マジでさ。だからもう戦うのはやめて」

「ダメ」

「だからどうしてさ？」

「ダメだから、ダメ」

「同じ言葉を繰り返すなよなぁ！」

「いいから、とにかく、ダメっていったら、ダメ」

「…………」

オレは精一杯強気で交渉してみたのだったが、怒鳴ってもすかしても、しかし絵理ちゃんは頑として己の意を曲げなかった。

あと二日なのだ。明後日になったら、オレはもうＪＡＬで羽田までひとっ飛びなのだ。そうなったら絵理ちゃんの説得などは不可能になってしまう。

電話、という手もあったが、直《じか》に会って説得してやっても自分の主張を曲げないこの女が、電話などという安直な手段で気を変えるとは思えない。

だから今夜だ。今夜で決める。

――こうなったらどんな卑怯《ひきよう》な手段を使ってでも、この女を止めてやるぜ。

「え、絵理ちゃん！　実はこのトンネル、出るんだってよ！」オレは唐突に叫んだ。

「なにがよ？」

「出るって言ったら決まってるだろうが。幽霊だよ、幽霊。実は三十年前に滑落事故が起きてね。テレビでも話題になったらしいんだけどさ。死者五千六百八十五名の大災害。街からは何キロも離れた山の中にあるってことも災いして、だいぶ救助が遅れたらしく、凄《すご》い阿鼻《あび》叫喚の地獄絵図だったらしいよ」

「……で？」

「たとえばね、いまみたいな深夜になると、夜な夜な生き埋めにされた人の怨念《おんねん》が、若い娘の生き血を求めて、それはもう、かなり大変らしいよ。いやホント」

即興でこれだけの大嘘をつけるオレは、ちょっと凄いと思う。

だが、登山用具専門店で購入したヘッドライトを頭に装備している絵理ちゃんは、真っ暗なトンネルの奥へ奥へと、臆《おく》することなくどんどんどんどん踏み込んでいった。

オレも慌てて後を追う。照明器具を持っているのは彼女だけなので、置いて行かれたら大変だ。

「ちょっと、そんなに速く歩くなって。……本当に出るんだからな。出るぞ」

足元のコンクリートは乾燥していて歩きやすかったが、砂利やら鉄骨やらが放置されたままになっているので、何度か転びかけてしまう。

——と、トンネルのちょうど真ん中あたりまで歩を進めたところで、絵理ちゃんは足を止め、くるりと振り返った。オレンジ色のヘッドライトが眩《まぶ》しい。

「生き血って何よ？　若い娘って何よ？　吸血鬼じゃないんだから」痛いところをついてきた。

「ま、まぁ、それはそれとして。……ともかく、こんな夜中の十時なんかに、トンネルなんかに入るもんじゃないぜ！　と、オレはそうゆうことが言いたかった。——実際、出るよ、本当に出るからな。毎年ここで、五百人近くが行方不明になってんだ。ムーにも載ったんだぞ！」

「嘘。……出ないよ」しかし、そう呟《つぶや》く彼女の声が心持ち低くなったのを、オレはまったく聞き逃さなかった。しょせん絵理ちゃんは非科学的な女子高生である。この手の幽霊話には耐性がない。

——よし。どうやらそろそろ頃合いのようだ。ここらでガツンと決めてやるべきだろう。

ここで一発絵理ちゃんを驚かし、それによって、今後もチェーンソー男との戦闘を続けていたら、どんなに大変な運命が待ちかまえているのかを思い知らせてやる。

そう。もしオレがいなくなってからも戦い続けるとしたならば、絵理ちゃんは毎晩こんなトンネルなんかに、ひとりで足を踏み入れなければならないのだ。その恐怖を知れば、いかな絵理ちゃんといえども、これ以上のわがままは言い張らないだろう。

「え、絵理ちゃん——」オレは甲高い声を出して、数メートル先に立つ彼女の胸元を指さした。

「……なによ」

「実はオレ、霊感があるんだ」

「ふうん、そう」

「絵理ちゃんが立ってるそこ！　そこ！　そこだよそこ！　絵理ちゃんの肩！　肩！　肩
にいる！　霊が！　霊だよ霊！」

「………」

「これは大変だ！　ものすごい悪の波動が感じられる。呪われるぞ！　たたられるぞ！

コックリ様が！　いや、水子が！　違う、平将門《たいらのまさかど》の——」

そこまで叫んだところで、いきなり絵理ちゃんは、こっちに向かって走り出してきた。

どうやら、あまりの恐怖に恐慌をきたしてくれたらしい。オレに向かって一直線に駆け
寄ってくる。

抱きつくつもりか？　いいぜ、ばっちりオレの胸に飛びついてくればいい。そうしたら、
しっかり優しく慰めてやろう。——よしよし、怖かったね。だけどもう大丈夫だからね。

良い子だね。だからもうチェーンソー男と戦ったりしちゃあダメだよ。ええ、わかったわ
山本くん。もう絶対、チェーンソー男と戦ったりしない。うんうん、わかってくればい

いんだよ――

と、そこまで思考を巡らせたところで、オレはまさしく抱きつかれた。絵理ちゃんが、まるでタックルするかのように、オレに激しく抱きついてきた。その抱擁はまさにタックルと呼ぶに相応《ふさわ》しいほど情熱的で――というか実際、タックル以外のなにものでもなかった。

「ぐあっ！」肋骨《ろっこつ》が全部砕けたかと思った。

オレは六メートルほど吹っ飛ばされて、一回地面をバウンドしてからトンネルの壁に叩《たた》きつけられた。ばらばらとコンクリートの破片が頭に降ってくる。

「殺す気か？」

「出たわよ！」オレの体にのしかかっている絵理ちゃんは叫んだ。

「何が？」と、疑問を口に出したところで、オレも気づいた。

低く轟《とどろ》くエンジン音。

その音圧だけで、この古いトンネルが崩壊してしまうのではないかと不安になるほどの、激しく響く、チェーンソーの爆音。

恐る恐る顔を巡らすと、ちょうど先ほどまでオレが演説していたところに、チェーンソー男が立っていた。そのチェーンソーは、いままさに振り下ろされた瞬間だった。切っ先が地面のコンクリートを深く深くえぐっている。

絵理ちゃんがタックルしてくれなければ、平将門の霊障について語っている間に、オレは背中からばっさり切られて、あっさり昇天、していたらしい。

と、絵理ちゃんはオレの胸に勢いよく手を突いて、一挙動で立ち上がった。その両手には、いつのまにやらナイフが装填《そうてん》済みだ。

チェーンソー男もゆっくりと振り返った。彼の姿は、このトンネル内の暗闇よりも、深く、黒く、暗い。

絵理ちゃんとチェーンソー男。二人は向き合い、睨《にら》み合っている。

「逃げよう！」オレは叫んだ。

「ダメよ。どこまでいってもおんなじよ。いつかは倒さなきゃならないの」

「だからまた、どうしてなのさ？」

「……これが終わったら教えてあげる」

乾燥した空気がかび臭い、絵理ちゃんの頭のヘッドライトだけが唯一の光源の、ながく古びたトンネルで、彼と彼女は対峙《たいじ》していた。

いまや聞こえてくるものはチェーンソーの爆音、ただそれだけ。

オレは壁際にへたりこんだまま、背中の鞄《かばん》から一脚を取り出した。おぼつかない手つきでストッパーをはずし、一・五メートルほどの長さに伸ばす。

——激しい後悔があった。

　そもそも、このトンネルに絵理ちゃんを連れてきたのが大きな間違いだった。

　なんとか手段を尽くして、彼女を座敷牢《ざしきろう》にでも監禁しておくべきだったのだ。

　戦場を訪れたら、戦いが始まる。それは当たり前のことだった。そしてチェーンソー男は、いままさに、どうしようもなく強い。

　下手をしたら、絵理ちゃんが死ぬ。

　それはダメだ。絶対ダメだ。当たり前だ。

「でやあ！」

　オレは勢いよく立ち上がり、一脚を振りかぶってチェーンソー男の眼前に転がり出た。

　──転がり出た。しかしその試みは、絵理ちゃんのサイドキックであえなく潰《つぶ》された。

　鳩尾《みぞおち》につま先がめり込み、大きくのけぞり吹っ飛んでしまう。

「ひっこんでて！」

　そして今度は絵理ちゃんが動く。まずはナイフを一本、目にも留まらぬ一挙動でチェーンソー男の心臓めがけて投げつけた。

　その隙にダッシュ。チェーンソーのリーチぎりぎりまで一気に距離を詰め、二本目のナイフを投擲《とうてき》。しかしそれらはことごとく、チェーンソーの一振りで弾《はじ》き落とされてしまった。

　そのままチェーンソーは絵理ちゃんの首筋を狙う。絵理ちゃんは上体をのけぞらせながら、さらに前進。回転する刃の数センチ下をかいくぐりつつ、チェーンソー男の懐に飛び込んだ。

切断された数本の髪の毛が地面に落ちるよりも早く、右手に持ったナイフをチェーンソー男の胴に突き立て、引き抜く。

血は、流れない。

チェーンソー男の顔は見えなかった。薄暗くて、よく見えなかった。しかし苦痛を感じてはいない。それにおそらく間違いはない。

何度も何度も絵理ちゃんはナイフを突き立てる。それをチェーンソー男は受け入れる。しごく穏やかに。

「なんで死なないのさ！」絵理ちゃんはわめいていた。

チェーンソーの爆音は、なおも激しく轟いている。

オレは立ち上がった。

咳《せ》き込みながら、ようやく立ち上がった。

「絵理ちゃん！」叫ぶ。

チェーンソー男は、その胸元に絵理ちゃんをかき抱くようにしながら、それでもチェーンソーを振り上げていたのだった。密着されているので勢いはないが、高速回転するチェーンソーは、触れただけでも命取りとなる。

オレは走った。

数メートルを全力で走り、タックル。絵理ちゃんに。

絵理ちゃんは予期せぬ方向からの体当たりに、見事に大きく吹っ飛んでくれた。

そうしてオレは、チェーンソー男に向かい合う。

一脚を持って、向かい合う。

地面に転がった絵理ちゃんは、声にならない悲鳴を上げていた。

一方オレは、笑っていた。

恐怖はなかった。

これでいいのだ。そう思った。

チェーンソーが振り下ろされる。

オレの右手はゆっくり動く。

——一脚を掲げ、チェーンソーを受けとめてやる。その動作がはたして間に合うのか、
それはオレにもわからない。頭をかち割られるか、首をすっぱり切断されるか、それもまったくわからない。

しかしそれでも恐怖はなかった。

ただわかることは、絵理ちゃんが死んではどうにもならないという、そのことだけ。

ただ願うことは、いまのオレの姿が、誰よりも、何よりも、絵理ちゃんの目には格好良

く映っていて欲しいという、そのことだけ。

オレは叫んだ。

「逃げるんだ！　絵理ちゃん――」

そこでオレの意識は暗転した。

――目が覚めると、オレはトンネルの壁にもたれかかっていた。

そのオレの目の前で、またも絵理ちゃんは目を赤くしていた。

どうして泣いているのかが気になったし、なぜオレが生きているのかも不思議だった。

それに、チェーンソー男は？

オレは、その疑問を尋ねた。

絵理ちゃんは答えなかった。慌てた様子で目元をぬぐっただけだった。

そういえば、チェーンソーのエンジン音も聞こえてこない。どうやらチェーンソー男は、もう帰ってしまったあとらしい。

「…………」

地面にはヘッドライトの破片が散乱していた。電球は割れていないらしく、いまだに絵理ちゃんの頭で光っている。

その眩《まぶ》しい灯《あか》りに照らされて、涙が一粒、灰色のコンクリートに染みを作った。

──絵理ちゃん。どうやらオレが寝ている間に、チェーンソー男に思いっきり蹴《け》っ飛ばされたりしたらしい。

やはり女子だしな。蹴られたら、それは泣きたくなるだろう。

「……違うわよ」

どうやらオレの独り言を聞いていたようだ。コンクリートにへたりこんだまま反論してきた。しかしその目は、やはり地面にぼんやりと落とされている。

絵理ちゃんは、ぎゅっと右手を握りしめ、低く震えるささやき声で、独り言のように呟《つぶや》いた。

「……なんでいっつも倒せないの？　どうしてなのよ？」

そんなことを言われても。チェーンソー男が倒せないのは、いつものことだし。

「もう、時間がないのに……」

時間がないのに──

そう、彼女は何度も繰り返した。

そうして、ずいぶんと長い間、絵理ちゃんは地面にへたりこんでいた。へたりこみ、顔を伏せ、肩を小さく震わせていた。しゃっくりが出ないように我慢しているらしい。

しかしいまだに、彼女の頭にはヘッドライトが装備されていた。眩しくぴかぴか光っていた。それはちょっと面白い風景だった。オレは笑ってみようとした。だけどもすぐに、それは無理だと諦《あきら》めた。

「…………」

壁にもたれかかったまま、絵理ちゃんが泣きやむのを待つ。

ひたすら、待つ。

かけるべき言葉は、さっぱり見つからない。いつもの渡辺アドバイスも、しかしまったく役に立たない。

そうしてそのまま待つこと数分。

オレは今頃になって、こめかみの辺りが、がんがん激しく痛んでいることに気づいた。

「痛てっ」

触ってみると、腫《は》れていた。

と、そこでようやく絵理ちゃんはこちらを向いた。

「……痛い？」

「うん、痛い」

「……ごめんね」

「何が？」

「蹴ったから、あたし。ハイキックで」

なるほど。チェーンソー男にばっさりやられそうになったオレを、ハイキックの一閃《いっせん》で、軽やかに救助してくれたらしい。もうすこし優しい方法はなかったのかぁ！　と、疑問を投げかけてみたい気持ちもあったが、まぁ、生きているだけで万々歳、といったところなのだろう。きっと。

「……ちょっと待っててね」絵理ちゃんは立ち上がり、いきなりどこかへ駆けだしていった。ヘッドライトの明かりから判断すると、どうやら反対側の壁の方に向かったらしい。

しばらくすると、戻ってきた。

手に、ひとかけらの氷が握られている。絵理ちゃんはその氷を、スカートのポケットから取り出したハンカチにくるんだ。

「あっちの壁で、結露した水が凍ってたんだけど」

そんなことを言って、壁にもたれて座っているオレの右隣にちょこんと腰を下ろし、ハンカチに包んだ氷を、腫れて熱を持った頭にそっと押し当ててくれた。

至近距離の真っ正面から照射されるヘッドライトに、オレは思わず目を細めてしまう。

「あ、ごめん。眩しいよね」絵理ちゃんはヘッドライトを消した。

すぐにトンネルは真っ暗になった。

何も見えない。

ただ、絵理ちゃんの静かな呼吸音と、かすかに感じる彼女の体温、それだけが感じ取れた。

「だけど山本くん、たんこぶができてるって事は、脳内出血とかの心配がないってことだよね」絵理ちゃんは早口で言った。

「そうなの？」

「うん。家庭の医学に載ってた」

絵理ちゃんの博識ぶりを、オレはちょっと尊敬した。

それからしばらくの間、真っ暗なトンネルの中でオレたちは身を寄せ合っていた。

何も見えないので、自分が目を開けているのか、そうでないのか、判断がつかない。

オレは手探りで、絵理ちゃんの手をさがした。

それはすぐそこにあった。

オレのこめかみを冷やしてくれている。

その指は、すっかり冷え切っていて、とても冷たい。

「いいよ。オレが自分でやるよ」氷を奪い取る。

絵理ちゃんはあっさりと手を引いた。

それからなぜか、いきなり肩の辺りをぽこんと叩《たた》いてきた。

「……あんなの、やめてよね」そう言った。

「山本くんが死んじゃったら、ぜんぜん意味、ないでしょ」

オレの耳のすぐそばで、そうささやいた。

その吐息が、首筋をくすぐった。

「…………」

オレは立ち上がった。

「帰ろうか」

「……うん、そうだね」

絵理ちゃんも起立した。

オレたちは手を繋《つな》いで、トンネルの出口を目指した。

数歩歩くと、床に転がるコンクリートの瓦礫《がれき》に蹴つまずき、思いっきり転んだ。手を繋いでいたので、絵理ちゃんもすっ転んだ。

「ヘッドライトつけろよなぁ！」オレは叫んだ。

「忘れてたのよ！」絵理ちゃんも怒鳴り返した。

＊

トンネルからの帰路を、ほとんど無言でオレたちは歩いた。

絵理ちゃん家《ち》への数キロを、ほとんど無言でオレたちは歩いた。

やはり気温は氷点下で、ちょっとやりきれないぐらいに寒い。

街灯が灯《とも》っている公道に出ると、絵理ちゃんはヘッドライトをはずして鞄《かばん》にしまった。

似合ってたのに、残念だ。

「……そういえば山本くん、自転車、どうしたの？」オレのコートの裾《すそ》をつまんで歩く絵理ちゃんは、ふとそんなことを訊《き》いてきた。

「あぁ、昨日の夜に乗り捨てたまま」

「いいの？　盗まれちゃうよ」

「いいんだ。どうせアレも盗品だから」

「……最悪ね」

「まったく」

それで再び会話は途切れた。

自転車は明日あたりにでも新しいのを調達しようと思う。駐輪場を端から端まで探せば、鍵《かぎ》の掛かってない自転車の一台ぐらいは必ず発見できるものだ。いわゆる放置自転車ってやつである。そのような放置自転車を再活用することによって、むしろ地球環境に優しいエコロジーを、オレは日常生活で正しく実践しているのだ。自転車泥棒などという汚名は、オレにはまったく似つかわしくないんだぜ——

——などなどということを、隣を歩く絵理ちゃんに、懇切丁寧に説明してやろうとも思ったが、やっぱりやめた。

もっと他に、大切なことがあるような気がしたのだ。

いますぐにでも言わなければならないことがあるような気がしたのだ。

「………」

だけど結局、肝心なことを何も言い出せないまま、オレたちは街に到着。絵理ちゃんの家まであと数十メートル。

最後の高台を、オレたちはてくてくてくてく歩いていた。

いつのまにやら、絵理ちゃんの手はオレの右手に連結されている。それに気づいたオレは、だいぶ焦ってきたが、せっかくだから彼女の家に到着するまでこのままにしていようと思った。

絵理ちゃんの左手は、とても冷たい。

気を紛らわせるために、なにかどうでもよいことを考えることにする。

たとえば――そう。

――いつも帰りの遅い娘を、彼女の両親はどう思っているのだろうか？　そういう放任主義が非行を招くのだと、彼女を毎晩自転車で送ってくるたびに考えたものだったが――だけど、絵理ちゃんは非行とはほど遠い真面目な娘さんなので、やっぱりぜんぜん問題はない。あ、でも、このまえ一緒に食い逃げしたか。

「………」

で、そのようなつまらないことに頭を使っているうちに、人とも車とも一度もすれ違わないまま、ここはもう、絵理ちゃんの家。

玄関の前で、オレは口を開いた。

「あのさ」

「……何?」

「いや、なんでもない」

「そう」

結局オレは、重要なことには何一つ触れることができないのだった。

「それじゃ、また明日」

オレはそう言って別れようとした。明日会ったら、そのときこそ絶対、もうチェーンソー男と戦うのはやめろ、そう説得してやろうと思った。

だけど——だけどなぜだか絵理ちゃんは、繋いだ手を離してくれなかった。

「あの、どうしました?」ついつい敬語になってしまう。

「家にあがっていって」

絵理ちゃんは小声で言った。

「えーと、いや、ほら。絵理ちゃんの親がいるとアレで。その、だいぶマズイし」

「……大丈夫。誰もいないよ」

「…………」

頭に血が上った。

「い、いや、ねぇ、ホラ」

などと、どうしたものか言いあぐねていると、絵理ちゃんはドアの鍵を外し、オレの手をとって家の中へと引っ張っていった。

家の中は本当に誰もいないようで真っ暗だった。絵理ちゃんは玄関の灯《あか》りをつけた。

「あがって」

「あ、うん」

オレは靴を脱ごうとした。

「――うわっ」靴から落ちた雪に滑って転びそうになる。

「もう、なにやってるの」靴べらを貸してもらった。

オレはなんとか靴を脱ぎ、「おじゃましまあす」と軽く挨拶《あいさつ》してから、居間に入った。

室内の床はフローリングだった。なんだか全体的に高級感が漂っている。

まだ建てられてから、それほど年数が経っていないようだ。どこも綺麗《きれい》でぴかぴかで、なにやら家具まで高そうな物ばかりだ。

テレビがでかい。台所はモダンなシステムキッチンだ。床も温かい。床暖房だ。それにストーブが無い。セントラルヒーティングってヤツだろう。

「なにジロジロ人の家の中見回してるのよ」

「いやぁ、良い家だなぁと思って。オレ、ボロ下宿に一人暮らししてるからさ。もう、狭いし、すきま風が寒いし、汚いし、隣の部屋のヤツのイビキは聞こえるし、大変なんだよ。ああいいなぁ高級住宅」

なんとか心を落ち着けようと、そのようなどうでもいい事を言ってみた。すると絵理ちゃんは、しごく平坦《へいたん》な口調で、びっくりすることを言った。

「あ、山本くんも一人暮らしなんだよね」

「――山本くん、も？」

「うん。あたしも一人」

初めて聞いた。

「まさか、このでかい家に一人？　マジで？」

「うん。週末には親戚《しんせき》の叔母《おば》さんが様子を見に来るけどね」

「親は？」

「いないから」

「いないって、なんで？」

「死んじゃったから。みんな」

さらりと言った。あまりにも普通に言うものだから、その言葉の意味を理解するのに、少々の時間がかかった。

「……あ、そうだったんだ。大変だね」

バカかオレは？　あまりにも適当な言葉しか口に出せない自分に絶望して、死んでしまいたくなる。

だが絵理ちゃんは、またもやこともなげに「もう慣れたから」と言って、システムキッチンの方に歩いていった。

「コーヒー、飲む？　インスタントじゃない本格派だから美味《おい》しいよ」

「あ、うん。いただきます」

「いつまでも立ってないで、その辺に座ってて」

キッチンには大きなテーブルがあった。食卓に使うのだろう。その六つある椅子の、一番端の席に腰を下ろす。

しばらくすると絵理ちゃんは、喫茶店みたいに皿の上にコーヒーカップを載せて、カチカチ鳴らしながら持ってきてくれた。

「はい。コーヒー」

「ありがと」

オレはコーヒーを啜《すす》った。

「うわちっ」舌を火傷《やけど》した。

上目使いにちらりと絵理ちゃんを見ると、小さく笑っていた。

ちょっとだけ落ち着いた。

——で、落ち着いてきたので、いろいろなことを考えてみることにした。

いろいろなことに、思いを巡らせてみた。

一人暮らし？

親が死んだ？

「…………」

この数ヵ月の、さまざまな思い出が脳裏をよぎった。

たとえばそれは、ＯＫストアで大量の食材を買い込んでいた絵理ちゃん。あれだけの量を、一人で平らげていたというのか。凄《すご》い食欲だ。どうして太らないんだろう……

それに、鍋《なべ》。

絵理ちゃんは言った。

『でもね。やっぱりやめたの。大変だからね。……鍋を食べるの、想像すると、大変だってわかったから』

オレにも、その言葉の意味が、ようやく、なんとなく、わかった。

しかしそれでもオレはコーヒーを啜った。

ひたすら無言でコーヒーを啜った。かける言葉は思いつかなかった。

黙々とコーヒーを啜る音だけが、広い居間に響いていた。

――で、そうこうするうちに、オレも絵理ちゃんも、あっというまにコーヒーを飲み干してしまった。絵理ちゃんはあたふたと二杯目のコーヒーを持ってきた。しかしそれも、またたくまに空になった。すると絵理ちゃんは、さらに新たなコーヒーを追加した。オレたちはむやみにコーヒーを飲んだ。ひたすら飲んだ。五杯目を超えると、さすがに具合が悪くなってきた。もうダメだ。これ以上飲めない――

「…………」

そうしてとうとう、室内は完全に静まりかえった。時計を見ると、もう深夜の十二時も近い。

オレは意を決して、絵理ちゃんを見た。

「……あのさ」

「あの」

二人同時に口を開いてしまった。

「あ、絵理ちゃん、どうぞ」

「そうやって改まって言われると困るけど……あの、ごめんね。こんな遅くに呼び止めて」

「いや、夜更かしは慣れてるし」

「それに、ごめん。二晩連続で泣いたりして」

「ああ。かなり参った」

「ごめんね、小学生みたいだったでしょ」

「うん。小学生みたいだった。しゃっくりして泣くんだもんな。そうそう——だからさ、もうチェーンソー男と戦うのはやめた方がいいよ」やっとのことで本題を口に出せた。

だが絵理ちゃんは「ダメ」と、小声で、だけど有無を言わせない口調で呟《つぶや》いた。

「……ダメ。あたしはチェーンソー男と、絶対に戦わなくちゃいけないの」

「またそういうこと言って。だからどうしてさ」

「あたし、本当は知ってるの。チェーンソー男が何者なのか。それを山本くんに教えてあげようと思って家にあげたんだけど。——でも、よく考えたら変だったよね。こんな遅くに男の人を家にあげるなんて」

「絵理ちゃんなら、アレだよな。オレがおかしな気を起こしても絶対大丈夫だよな。強いからな。オレなんてハイキック一発で沈められるよな。ひひひひひ！」

そのような冗談を言ってみたが、それどころではない。

「いや、そうじゃなくて。知ってたの？　チェーンソー男の正体」

絵理ちゃんは「うん」とうなずき、テーブルの真ん中に目を落とした。

「……最初にチェーンソー男と会ったとき、葬式の帰りだったたって言ったよね。覚えてる？」

オレはうなずいた。

「その葬式、あたしの家族の葬式だったの。お父さんとお母さんと弟の。三人とも交通事故で死んじゃって」

「……そうなんだ」

「近くに住んでる叔母さんもいるし、保険金がたくさん出たから、こうやって一人暮らしでも大丈夫だけどね」

そう言って絵理ちゃんは小さく微笑んだ。

「それでね、その葬式の帰りに考えたの。ついこの前まで一緒にこのテーブルでご飯を食べてたのに、どうして二度と会えなくなっちゃったのかって。どうしてみんな死んじゃったのかって。なんにも悪いことしてないのに。普通の家族だったのに。なんの前触れもなくみんな死んじゃった。たまたまあたしが友達の家に泊まりに行ってるときに、お父さんたち三人で外食して、その帰りに事故にあって。死んじゃって。そんなのおかしいと思ったの。そんなの変だと思ったの」

目を落としたまま、淡々と言葉を紡ぐ。

「それで考えたの。この世の中に、そんなわけのわからない哀しいことが起こるのは、どこかに悪者がいるからだって。どこかで悪者が悪いことをしてるに違いないって思ったの。

その悪者は、たぶん悪者らしく黒い服を着ていて、切っても突いても死ななくて、アメリカのホラー映画みたく、チェーンソーでも持ってるんだと思ったの。そしたら、本当にいたの。その悪者が。チェーンソー男が。想像通りのチェーンソー男が、あたしの目の前に現れたの」

目は、あげない。うつむいたまま、膝《ひざ》の上で両手を握りしめたまま、絵理ちゃんは言う。

しかしその言葉は、しだいに哀しげな響きを帯びていった。

「だからね。——だからあたしは絶対にチェーンソー男を倒さなきゃいけない。だって、チェーンソー男は悪者だから。チェーンソー男がどこかでチェーンソーをぶんぶん振り回してる限り、哀しいことが無くならないから。親しい人たちも死んでしまうから。友達も遠くに行ってしまうから。好きな人もいなくなってしまうから——」

それはもう、ほとんど聞き取れないほどの小声だった。

オレはできる限りの普通な声色で、言ってやった。

「……だけどさ。しょうがないよ。このままじゃ死んじゃうよ。絵理ちゃんが死んじゃったらどうしようもないだろ」

「別にいいよ。死んだって。チェーンソー男が倒せない限り、あたしはずっと哀しいままだから。嫌なことはなくならないから。絶対いつか、ひどいことになっちゃうんだから。……だから、それだったら、死んだ方がいい」

「……そりゃないよ」

「だって。チェーンソー男のせいで。みんないなくなっちゃうんだから。そんなの嫌だから」

「大丈夫だよ。関係ないよ。チェーンソー男がいたって関係ないよ。この世に哀しいことが起こるとか、そういうことは別にチェーンソー男のせいなんかじゃないよ。……たぶん、この世の中、もとからそういうものなんだよ」

「そんなことない。……だって、山本くんもいなくなっちゃうし。それもやっぱりチェーンソー男のせいで」

「……ま、まぁ、確かにオレは転校するけどさ。でも、絵理ちゃんは大丈夫だろ。オレなんかいなくたって、朗らかに楽しくやっていけるだろ？」

絵理ちゃんは小さく首を振った。

「山本くんがいたから、いままで戦ってこれた。山本くんと一緒じゃなかったら、あたし、とっくに死んでた。――たぶん、あたしが落ち込むとチェーンソー男は強くなるの。あたしが哀しくなればなるほど、チェーンソー男は強くなるの」

それは――ずいぶんとおかしな話だった。

だけど、うつむいて話す絵理ちゃんは、なんかとても弱々しくて、不死身の怪人相手に互角に戦う凛々《りり》しい戦闘美少女の面影は無かった。

オレはムリヤリ陽気な声を出した。

「だ、だったらさ！　なおさらチェーンソー男のことなんてもう忘れてさ！……どうせヤツには勝てないんだから、ほっときゃいいんだよ。な？」

そのようなことを、ひたすら絵理ちゃんに諭してやった。

戦っちゃダメだ。どんなに腹が立っても、それはしかたがないんだ。この世の中、最初からそうゆうものなんだ。だからお願いだ。あいつには勝てない。もうやめてくれ――

時計の音が響いていた。オレの長々しくてうそ寒い台詞《せりふ》が響いていた。

しかし少なくとも、絵理ちゃんが怪我してしまうのは、たぶん間違いだ。そう思う。

だからもう、戦うのはやめてくれ。

オレは何度も頭を下げた。


そうして――ようやく最後に、絵理ちゃんは弱々しくうなずいた。

「……うん、わかった」そう言った。

「よしよしオッケー。それでもう万事大丈夫だ！」オレは絵理ちゃんの目を見つめて、かなり浮き上がった大声を出した。

「な。絶対だぜ。もう絶対チェーンソー男と戦っちゃいけない。でないと転校してからも不安で不安で、オレの胃に穴が空いてしまう。わかったろ？」

「……いろいろ、ごめんね」

絵理ちゃんは小さく笑ってみせてくれた。オレも笑った。

いろいろなことが、頭に浮かぶ。

それはここ数ヵ月の、沢山の思い出。

絵理ちゃん。

それに──能登。

能登は叫んでいた。あのとき能登は、『根性無しが！』と叫んでいた。

あぁ、確かにオレは、根性無しだ。

彼のようには格好良くなれない。彼のように、最後まで頑張ることはできない。だけども本当は、それが当たり前のことなのだ。途中でいろいろ諦《あきら》めておくのが、一番まっとうな、普通のやり方なのだ。

実際──オレはこれでも、それなりに頑張った。

できる限り、やれることはやった。すっかり絵理ちゃんを思いとどまらせた。

そして明日は転校の手続き、明後日は空の旅だ。

これでいいのだ。

「……じゃあ、さよなら」

「うん。さよなら」

オレたちは玄関で、あっさりと別れた。

また明日、とは言わずに、しごく平気に、すっきり別れた。

5

いつものように窓から下宿に忍び込み、自室に到着。

速攻で服をパジャマに着替え、ベッドに大の字になって寝転がった。

目を瞑《つむ》る。

「…………」

しかし、なぜだか、わけのわからない不安があった。

どうすればいいのか、本当にこれでよかったのか、オレは何がしたかったのか——それらがいまだに気がかりで、オレはまったく、参ってしまう。

枕に顔を埋《うず》めたまま、とりとめのないことを考えてみたりもした。

数十分前の絵理ちゃんの言葉を思い出したりもした。

絵理ちゃんは、言った。

『この世界に哀しいことが起こるのはチェーンソー男のせいなの』

それはまったく、スケールの大きな話だ。

もしその話が本当なら、チェーンソー男を倒せばこの世界はパラダイスになるとでもいうのか？　そんなわけはない。この世の中、嫌なことや、腹の立つことや、絵理ちゃんの言うような哀しいことで一杯だ。

チェーンソー男を倒したって、それが変わるわけはない。

当たり前だ。

当たり前だぜ。

「……なぁ能登、そう思うだろう」

返事は、ない。

「お前ならどうしたと思う？　喜び勇んで駆けつけたか？　だけどそんなことをすると、あの綺麗《きれい》なお姉さんが悲しむぜ」

当然、返事はない。

「お姉さん、通夜で泣いてたぜ。もう、ボロボロ泣いてたぜ……」

マジで綺麗な人だった。

うらやましいぜ、まったく。

「…………」

オレは小さくため息を吐き、それからごろりと寝返りをうってみた。

頭まで毛布を被《かぶ》り、心頭滅却を心がける。

しかし――アナログ目覚ましの針の音が、どうにもうるさい夜だった。

どうやらダメらしい。いくら頑張ってもすぐには寝付けそうにない。

しかたがないのでベッドから体を起こした。

壁に立てかけておいたアコースティックギターを小脇に抱え、マイナーコードで弾き語る。

「あーあー、参ったぜー、いろいろたくさん参ったぜー。あーあー、困ったなー、どうすんだよー、このバカ野郎――」睡眠導入のための小粋《こいき》な歌を、気持ち良く歌ってみた。

するとパジャマ姿の渡辺が、いきなり部屋に飛び込んできた。

「バカ野郎はお前だ！」

怒鳴っている。

「なんなんだよお前は！　昨日もいきなり夜の十二時に帰って来やがって、大声で馬鹿歌叫びやがって、ふざけんのもたいがいにしろ！　この馬鹿阿呆《あほう》！」だいぶ頭に血が上っているようだった。

まぁ、腹が立つのもわかる。オレもしょっちゅう渡辺のイビキに悩まされているので、安眠妨害される怒りはよくわかる。

「……ごめん」ともかくオレは謝ってみた。

しかし渡辺の怒りはおさまらなかった。言いがかりをつけてくる。

「そのギターも俺の私物だろうが！　いつの間に俺の部屋から持ち出した？　この盗人《ぬすっと》！」

ちょっと借りただけなのに酷《ひど》い言われようだ。オレはすかさず反論した。

「盗人はお前だろうが。この前、ＯＫストアで捕まんなくて良かったな。エロ本で補導されたら自殺モンだぜ。恥ずかしくて生きていけないっつーの。死んでしまえ」

「……ぐ」渡辺は言葉に詰まり、オレを睨《にら》んだ。

オレもしっかり視線を返す。

寝起きの充血した目による、しばしの白熱した睨み合いが続いた。オレは雰囲気を盛り上げるために、ロックンロールなリフを激しくかき鳴らしてやった。

ジャガジャガジャーン……

間抜けな音色が室内に響き渡る。

その余韻が途切れた頃に、ようやく渡辺は目をそらした。

「……まあいい。ちょっと待ってろよ、すぐ戻ってくるからな」

ぼそりと呟《つぶや》く。

「はぁ？」

渡辺は隣室へと消えた。

——で、しばらくすると、パジャマの上に新たにチョッキを装備した渡辺が、もう一度オレの部屋に入ってきた。

手にコンビニ袋を二つぶら下げている。

「ほらよ。ビールと、肉。超高級霜降り和牛だぜ」

「ちょ、ちょっと、なんだそれ？」

「お前が帰ってくるのが遅いんだよ。明日は手続きとか荷物の運び出しとかで忙しいんだろう？ だから今夜の内に送別会をやろうと思ってな」

そして渡辺は、さも憎々しげに呟いた。

「大体なぁ、二日連続で十二時以降に帰宅する馬鹿がどこにいる？ せっかくの新鮮な肉がもったいないだろうが」

「……お前、そんなにいいヤツだったっけ？」

「おう。俺は昔っからいいヤツだよ。いいから早くホットプレート用意しろ。こんどの肉は、俺が自腹で買ったんだぜ。しばらくほとぼりが冷めるまで、万引きは休業だからな——」

午前一時のことだった。

しかし眠気はまったくない。あんまりうるさくすると、右隣の部屋の佐藤君に迷惑が掛かるので、オレたちはひっそりと肉を焼き、酒を飲んだ。

ちょっとだけ渡辺を良いヤツだと思った。

「………」

しかしずいぶんしんみりと、送別会は、進行した。

最初のうちはがばがば酒を飲んでいた渡辺も、顔が嫌な感じに赤くなってゆくにつれペースが落ち、それと同時に口数も少なくなっていった。一方、オレの方はと言えば、もともとアルコールには限りなく弱い体質ということもあって、いまだにビールの一缶すらも飲み干せていない有様だ。

苦さを堪《こら》えてビールを飲み、ちょっと涙目になって、肉を食う。

「……しかしアレだな。万引き仲間がいなくなるってのは少々心苦しいものがあるな」

「ちょっと待てよ。いつからオレがお前の万引き仲間になったよ」

「だってお前、いつだったか、肉、盗《と》ってきたじゃん」

「あの一回しかやってないっつーの。お前みたいにエロ本盗って捕まりそうになるような馬鹿にはなりたくないからな」

などなど、どうでも良いことをぼつぼつと喋《しゃべ》りながら、肉を食う。

と――肉を半分ほど平らげたあたりで、なぜだか急に、渡辺はそわそわした素振りを見せ始めた。肉を裏返す箸《はし》を止めて、何かを言い出そうと口を開きかけ、そしてまた閉じる。

そんなことを繰り返していた。

「どうした？」オレは訊《き》いた。

「あ、いや、そういえば――」

「そういえば？」

「音楽」

「ん？」

「…………」渡辺は押し黙った。

あらぬ方向に目をやり、それから再び視線をホットプレートに戻す。そんな意味不明のしぐさを数回繰り返したのちに――それからようやく、重々しく口を開いた。

「……作ってた音楽、できたんだ。一曲目が」

何事かと待ちかまえていたオレは、だいぶ拍子抜けした。

「ほう。そりゃあ、良かった」

「いま、持ってくる。……お前が行く前に聴いてもらおうと思ってな」渡辺は立ち上がり、再び廊下へと消えた。

ごそごそと何かをあさる気配が隣室から聞こえてくる。汚い部屋だから、探すのが大変なのだろう。

「おお、こんなところにあった」などという独り言ののちに、渡辺は右手にCDケースを携えてオレの部屋に戻ってきた。

どうやらCD—Rとかいうヤツに録音したらしい。オレはその緑色に光るCDを受け取り、机の上のラジカセにセットした。

再生ボタンに手をやる——と、渡辺が「待て！」と激しく制止した。

「なんだよ？」

「……理論的には、良い曲なんだ」

「はぁ？」

「……この半年、ひたすら音楽に打ち込んでみた。まぁ、ギターは中学生の頃から触ってたけどな」

「ああ、知ってるぜ」

「だけどな。……ひとつのことが、こんなに長く続いたのは初めてでな」

「だからどうした？　頑張ったんだから、それなりに良い曲ができたんだろう？」

「……長いこと気合いを入れて頑張ったから、だから余計に不安なんだよ」

意味不明の台詞《せりふ》だ。オレは先を促した。

「……いままでの俺の趣味は、ぜんぶ適当なところでめんどくさくなって放り出した。だけど今回は自分でも驚くぐらい長続きしてる。……だけどなぁ、それでできあがった音楽が、いつかお前が言ったみたいにヘボヘボだったら、どうする？」

どうする？　と、それはそれは不安げな表情だった。

オレは思わず吹き出した。

どうやら渡辺は、自分の才能の有無に対する不安に、いきなり押し潰《つぶ》されそうになっているらしい。たかが半年ぐらいの努力で、ずいぶんと気の早いことだ。

「バカか？　職人ってのはなぁ、十年続けてやっと一人前になるんだよ。半年ぐらいじゃ、なんの評価にもなんないよ。いいから落ち着け」オレはそんな聞いた風なことを言って（しかも、どこか嚙《か》み合っていない）渡辺を安心させてやった。

この前までは自信満々だったくせに、急に気の弱いところを発揮するヤツである。

オレはラジカセに手を伸ばした。

「んじゃあ、再生するぜ」

「……お、おう」

かすかなモーター音と共にCDが回転した。

酒の酔いと緊張で、渡辺の顔はひどく見苦しく赤かった。

オレはスピーカーに耳を傾けた。

それは静かに始まった。

その音楽に適当な感想を言ってやったあと、何事もなかったかのようにそれぞれの部屋に戻って、朝までぐっすり、しみじみ寝る――オレの送別会は、そのような顚末《てんまつ》を迎えるはずだった。

そのはずだった。

6

翌日の午後、オレは雪道を自転車で走っていた。

さまざまな手続きを終えたあとに、近所のデパートの駐輪場で新たな自転車をゲットしたオレは、その足で中央高校校門前へと向かっていた。

街はずいぶん、天気が良かった。やはり気温は氷点下だが。

雲一つない青空から照りつける日光が、雪に反射してとても眩《まぶ》しい。真っ白く光る雪に目を細めつつ、オレはひたすらペダルを漕《こ》ぐ。

学校帰りの小学生やら買い物を終えた主婦やらをベルで威嚇し、つるつる滑る歩道を軽やかにすり抜ける。ファミレスの前の角まできたら、路面電車にひかれないように注意しつつ、大胆に右折。

あとはこのまま一直線だ。とうの昔に葉っぱが落ちてしまった街路樹の坂道を、一気に駆け抜けるだけ。

すぐに立派な校門が見えてきた。

まだ終業のチャイムが鳴っていないので、通学路に生徒の姿はない。

あと十メートル、五メートル——

無事、到着。

オレは校門前でみごとな二輪ドリフトを決め、格好良く駐輪した。

自転車から降り、校門に寄りかかって、待つ。

絵理ちゃんが来るのを、待つ。

あまりにも勢いよく自転車をすっ飛ばしすぎたためにバクバクいう心臓をなだめながら、オレはじっくり昇降口を監視した。

胸の内にあるものは、いろいろな期待と、結構な不安。

だが、どちらにせよ——すでに話は決まった。オレが決めた。

それはなかなかに重大な決意だったはずだが、思い返してみると、しかしずいぶんと適当な話だった。酒の勢い、ということもあったのだろう。その場のノリで、あとさき考えずに動いてしまった。

それがはたして良かったことなのか、それとも大変、悪いことだったのか——いまのオレには、まったく判断するすべがない。しかし少なくとも、心を決めた、決心した、その思いにおそらく間違いはない。

——どうなることかは、まだ知ったことじゃないぜ。

希望は、あるのだ。ただそれだけでいまはオッケーとしておこう。

だから、そう。

まずはひとまず、渡辺に感謝でもしておくべきなのだと思う。

「…………」

まぁ、心の中だけで。


——昨晩のことだった。

焼き肉を食い終わったオレと渡辺は、耳を澄ませていた。

オレはラジカセのスピーカーから流れ出す音楽に、渡辺は、いまにでも感想を口に出しそうなオレの鼻息に、じっと黙って耳を澄ませていた。

その音楽——渡辺が作った渾身《こんしん》の一曲。そのジャンルは、しかしオレにはさっぱりわからなかった。オレの乏しい音楽知識では、なんと形容していいものか思いつかなかった。

最初は静かに始まったのだ。

低く響く——たぶんバスドラってヤツだろう。それがごくごく静かに、どこか遠くの方でおだやかに鳴っている——と、そんな感じだ。

一定のリズムで——当たり前か。四つ打ちってやつで、重く響くキックと、あくまで控えめなスネアやハイハットが打ち鳴らされていた。低く、静かに。

そこに一番最初に被さったのは、ベースだ。

「俺が弾いたのをサンプリングして――」早口で説明する渡辺の声は、緊張のためか、かなりうわずっていた。オレはそれを黙殺して音楽鑑賞を継続。

ベースが明るいメロディーを奏でていた。それはあまりに単調なフレーズの繰り返しで、オレは呆《あき》れてしまう。しかしすぐに――なんだろう、これは？　と不思議に思ってしまう。妙に引き込まれる、そんな気配があった。

どうやら――打ち込みドラムが、そしてベースが、同じリズムとメロディーを繰り返しているると思わせつつも、少しずつ音色や響きを変化させていたらしい。それもかなり細かく、微妙な按配《あんばい》に。

なんか本格的で、オレは結構びっくりした。

そんなオレの反応に気をよくしたのか、渡辺はだいぶ落ち着いて説明した。

「だけど、これだけじゃただの地味なミニマルって感じだろ？　違うんだなぁ、これが」

そして彼は、ニヤリと笑い、宣言した。

「ここからなんだぜ、ここから」

確かに、ここからだった。

単調だったベースのリズムが崩れ始め、それと時を同じくしてドラムの四つ打ちも飛び跳ねるようなリズムに変わった。しかしそれらは、いまだしっかりとした統一感を保ちながら、ひとつの流れを継続している。気を緩めたらすぐにでも音がバラバラになってしまいそうで、それでもギリギリのところでまとまっている——そんな緊張感が、どんどんどんどん盛り上がっていく。オレは息を呑《の》む。良い感じだ。実に良い感じだ。リズムはどんどん崩れていった。ベースもびょんびょん鳴っていた。それらはますます跳ね上がり、うねった。

そして——そのうねりが最高潮に達した瞬間。

「どうよ！」渡辺は興奮やるかたないといった声をあげた。

オレは爆笑した。

最高潮にリバーブとオーバードライブを利かせたギターのスクラッチが、いきなり激しく、ぎゅいーんと鳴り響いたのだ。

何故ここで、こんなあまりにもベタベタなギターソロが？

その疑問を押し流すように、泣きのギターが激しい旋律を奏でる。

苦悶《くもん》の表情を浮かべてギターをかき鳴らす渡辺の顔が目に浮かび、オレはますます爆笑した。

「な、なにこれ？」笑いのあまり呼吸困難に陥りながら、オレは訊《き》く。

渡辺は得意げに答える。

「どうよ？　最初は地味なインテリジェントテクノかと思わせといて、いきなりリッチー・ブラックモアもかくやと言わんばかりの、クラシカルなギターソロ」

いままでの地味で落ち着いた曲調と、バカみたいにうねるギターのギャップに、オレはひたすら笑い転げてしまった。

酒の回った深夜一時というシチュエーションの効力もあってか、そのバカ笑いは、いつまでたっても止まる気配がなかった。

「すげーだろ？　良い感じだろ？」渡辺は訊く。

「ああ、すげーよ。ここまで頭悪そうな曲、初めて聴いた」

しかし渡辺は怒らない。

「ほらよ、歌詞カード」得意満面に、ポケットの中からノートの切れっ端を取り出した。

——この曲に、歌がつく？

その事実だけで、オレはもう、お腹一杯だ。笑い殺されそうだった。

げらげら笑いながら、受け取った歌詞カードを朗読してみる。

「ええと……ダッシュだ。ジャンプだ。危ない、落とし穴！　逃げろ！　ヤツが来る。誰もヤツには勝てやしない。だから逃げるんだ。逃げよう。逃げ出せ。一直線に。

——なんだコレ？　ヤツって誰よ？」

「知らねえよ、そんなこと俺に訊かれても」

「デパートの一階のアクセサリー売り場を、風のようにすり抜けろ！　パチンコ屋の前を全力ダッシュだ！　薄暗い路地をも駆け抜けろ！　アイスバーンに足を取られて転んでも、だが、大丈夫。起きて、もう一度走り出せ！　逃げろ！　逃げるんだ！

——どうゆう意味だよこれ？　逃げるって何から？　どこへ？　どうして？　ちょっと解説してくれよ」

「だから知らねえってば。俺が書いたんじゃねえから」

「……そして日は暮れ、いまは夜。ひとけの無い公園で俺たちはひと休み。いま、季節は冬だから、だから公園は寒いに決まってる。吐く息はやっぱり白い。だけど、あれを見ろ！　錆《さ》びたジャングルジムが月光に蒼《あお》く照らされているぞ。

——じゃあ、誰が書いたんだよ」

「俺が、詞を書いてくれるように依頼したんだ」

「冷たいベンチに腰をかけ、深呼吸だ。『すうっ』と息を吸って『はあっ』と吐こう。月を見上げよう。葉はとうに落ちてしまった木の枝の隙間から、月を見上げよう。そしたら再び出発だ。間髪入れず走りだせ！　疲れたら歩け！　そして走れ！　歩いて、走れ！

——だから、誰にさ？」

まったく理解不能の言葉が続く歌詞にウンザリしたオレは、いくぶん強い口調で渡辺に訊いた。

渡辺は、答えた。

「……能登にだよ」

いまだにバカっぽくうねるギターソロが、安物のラジカセから激しく鳴り響いていた。
オレはビールの残りを一気に飲み干した。
かっ、と胃が熱くなった。
ひどい酩酊《めいてい》感があった。
ひどい酩酊感と、なぜだか理由のわからない高揚感が、共にあった。
ぐらぐらと揺れる視界で、オレは読んだ。詞の続きを、読んだ。
それは、こう続いていた。
『――しかし、それでもヤツは追ってくる。
どこまでもどこまでも追ってくる。
どんなに逃げても追いつかれるぞ。結局いつかは追いつかれるぞ。
だけどな。そんなときこそ落ち着くべきだ。
慌てふためくのはみっともない。
ゆっくり深呼吸。
深呼吸をして落ち着いたら、こんどこそ。
こんどこそ、俺たちは覚悟を決めればいい。
ヤツに、向かって、行けばいい。

「…………」

負けるのはわかっている。

必ず、負ける。

だがしかし、しかしそれこそが、俺たちの目論見《もくろみ》。

わかるか？

ヤツには勝てない。ともかく、それでも、方法は、ある――』

オレはラジカセのボリュームを上げた。とっくの昔にギターソロは鳴りやんでいて、いまやすべての要素が、曲の終わりへと一直線になだれ込みつつあった。

渡辺が言う。

「いつだったか、俺があいつに依頼したんだ。『おまえ、国語の成績いいんだから、俺たちのバンドの作詞担当に決定！』ってな。ちゃんと原稿料も払ってやったぜ、カツカレーの食券でよ」

オレは訊いた。

「この詞に出てくる、『ヤツ』って誰だと思う？」

「そりゃあきっと――大した意味は、ねーんだろうよ。というのも、俺がな、ヒットする曲の作詞方法について、あいつにしっかり教えてやったんだ。『いいか、できるだけ抽象的な言葉を使って、難しげな詞を書け。そうすれば視聴者のかたがたは、勝手に深読みしてありがたがってくれる』ってな。だからきっと、あいつはその通りにしただけだ。深読みするのは間違ってるぜ」

「……あぁ、そうかもな」ぼんやりと答える。

しかし——しかしオレには、なぜだかよくわかった。

この詞だかなんだかよくわからない文章で、あいつが何を言いたかったのか、よくわかった。そんな気がした。

それはやっぱり、飲み慣れない酒を勢いにまかせて飲んでしまったせいで、ずいぶんとぐらぐらする脳味噌《のうみそ》が引き起こした、なんていうこともないただの錯覚なのかもしれない。

「……だけど」

「ん？　どうした？　酒か？　まだまだあるぞ、いくらでも飲め」

渡辺は新たな缶ビールをオレに差し出した。オレは受け取り、一息にあおった。

足がもつれて、床にへたりこんでしまう。がつんと頭を押入にぶつけてしまう。

渡辺は笑う。オレも笑う。

もうすぐ音楽は、終わりを迎える。

そうしたら、そのときオレは、渡辺に言おうと思う。——もう一回最初から再生してくれ。そうお願いしようと思う。

そして——またまた始まったバカ陽気な音楽の勢いを借りて、そのときオレは、電話するはずだ。

東京の両親に、電話するはずだ。

いまは深夜二時。まったくもって、電話をかけるには常識はずれな時間だ。しかしまぁ、どっちみち常識はずれな内容の電話をかけるのだから、きっとこのぐらいがちょうどいい。

「ところで渡辺——」

「ん？」

「やっぱりオレ、転校するの、やめにする」

「……え？」

その渡辺の顔がかなり面白くて、オレはもう一度、声を出して笑ってしまった。


——で、オレはその後、両親に電話した。

予想通り、父さんは怒鳴った。

『おまえなぁ、一人暮らしさせんのにいくら金がかかってると思ってんだ？』

『んなこと知るか！……い、いや、すまないとは思うけどさ。家建てたばっかりで金がないとは思うけどさ。それなら、オレが卒業するまでにかかった金額を明細書にして、ツケておいてくれ。就職したら倍にして返してやるから』

『このバカ！　そんな問題じゃねえだろ！』

『んじゃあ、どんな問題だよ！　たぶん大学はそっちに行くから。な。──もしダメだって言うんなら不良になってやる』

まったくもって親のスネをかじっている者の言うことではなかった。それにほとんど大嘘だった。金が返せるわけもなく、大学に行けるわけもない。それでも一時間ほど口論を続けるうちに、ようやく結局、決着はついた。

……ともかく、かなりの親不孝、申し訳ない。

オレは胸の内で、深く静かに両親に謝った。

＊

そうして今日。

オレはこの中央高校校門前で、さまざまな決心に恐れおののきつつも、絵理ちゃんを待ち伏せしているのだった。

──そうなのだ。

ともかくオレは、心を決めた。

詞だかなんだかよくわからないが、能登が残してくれたアレこそが、がっちりオレを、決心させた。

ともかく、それでも、方法は、あるのだ。

希望はそこに、残されている。

それはずいぶんと恐ろしい、少しでも想像すれば、いますぐにでも引き返したくなる、なかなかに厳しい道だった。

だがしかし、オレは最初から、それをわかっていたはずなのだ。そもそもチェーンソー男と戦い始めた最初の動機からして、オレはまったく、そのつもりだったのだ。

うまくいくかはわからない。

もしかしたら、途中で逃げ出してしまうのかもしれない。

だが——能登は、あいつは、戦っていたらしい。ヤッと、ばっちり、戦っていたらしい。

能登が戦っていた敵は、だけどおそらく、チェーンソー男ほどはわかりやすくない、目には見えない、だいぶイヤらしい敵であったことだろう。しかしいま、オレの目の前にはチェーンソー男がいる。どこまでも易しくわかりやすい、諸悪の根源、チェーンソー男がいる。

それこそがオレの希望なのだ。


「…………」


にしても、絵理ちゃんは遅かった。

とっくに終業のチャイムが鳴っているので、中央高校校門前は下校する生徒でだいぶ賑《にぎ》やかだ。

まったく、何をやってるんだろうか。もしかして、また掃除当番か？

引っ越し業者やら、学校の事務やら、多方面の方々に頭を下げて回ったあとということもあって、オレはだいぶ疲れ果てていた。精神的に。

クラスの奴らには妙な目で見られるし、教師には呆《あき》れられるし、だいぶ大変だった。

それでも、絵理ちゃんに会うときの事を想像すれば実に愉快な気分になってくるので、まぁ良しとしよう。

——絵理ちゃん。

『やあ、やっぱり転校するのやめたよ』なんて、平然とした顔で教えてやったら、いったい彼女はどんな顔を見せてくれることだろうか。

オレは昇降口を見つめながらニヤニヤ笑った。

そういえば、クリスマスも近い。

絵理ちゃんをメロメロにするには最高のタイミングだ。

完璧《かんぺき》だ。パーフェクトだ！

「……なんてな」

ぶつぶつ独り言を呟《つぶや》きながら、オレは絵理ちゃんが来るのをひたすら待った。

しかし——気づけばもう夕方の四時である。いかに掃除当番とは言え、これはさすがに遅すぎるのではないだろうか。

さらに数十分待ってみたが——やはりいつまで経っても彼女は姿を現さない。

不安になってきたので、絵理ちゃんの教室まで行ってみることにした。

他校の生徒が無断で入ってもいいものなのか疑問ではあるが、ここの学校の教師にさえ見つからなけりゃあ大丈夫だろう。

彼女のクラスは1—Aだ。

夕日の射し込む教室の中には数人の女子が残っていた。

「あのう。すいませんけど、雪崎絵理さんって、もう帰っちゃいました？」

オレは訊《き》いた。おどおどと。

「あ、絵理の彼氏の人ですか？　いつも校門で待ってるでしょ。すごーい。とうとう学校の中まで乗り込んできたよ」とかなんとか言って、その女子たちはけらけら笑った。

「でも残念。絵理なら今日休みましたよ」

「え、本当？」

「うん。病欠とかで」

昨日の夜更かしで風邪でも引いたのだろうか。オレは適当に礼を言って教室を出て、絵理ちゃんの家へと自転車を走らせた。

で——三十分ほど自転車を走らせ、絵理ちゃんの家の前に到着。

自転車を車庫の前に停め、呼び鈴を押した。

応答は無い。

さらに呼び鈴を押しまくってみた。しかしそのやかましい電子音は、ただむなしく扉の向こうに消えてゆくだけだった。

玄関のドアを押してみる。鍵《かぎ》はかかってない。不用心だ。

無断侵入した。

家の中は静かで、玄関に彼女の靴は無い。

勝手に上がり込み、居間を覗《のぞ》く。

いない。

「絵理ちゃーん。いませんかぁ?」

大きな声で呼んでみた。やはり返事はない。

二階に上がって、ひとつひとつ部屋を覗いてみる。

——オレは一体何をやっているんだろう。空き巣みたいだ。人の家に勝手にあがって、勝手に部屋を捜索して、やっぱりまずいんじゃないだろうか。頭の片隅でそうも思ったが、ともかくオレは、部屋のドアを片っ端から開けていった。

しかし絵理ちゃんは、どこにもいない。

さすがにヤバイだろうと思って、ドアの隙間から覗くだけに留めていた絵理ちゃんの部屋に、思い切って進入してみた。

女の子らしい、明るい色で統一された部屋だ。

窓際にスチールの勉強机がある。

その上に一枚、なにかの紙切れが置いてあった。

手にとって、読む。


どうせ、こんな手紙は読んではもらえないことでしょうが、念のため。

山本君なら、もしかしたら勝手に人の家にあがり込んで、家捜しするかもしれないと思ったので、念のために書き置きしておきます。

ごめんなさい。

やっぱり私はあいつと戦います。

だって、山本君は、明日転校してしまうから。

山本君が転校してしまうのも、きっとあいつのせいだから。

だから、あいつを倒せば、山本君は転校しなくてすむはずなのです。

今日しか時間は残されていません。

山本君が遠いところに行ってしまう前に、チェーンソー男を倒さなくちゃいけません。

だから山本君が、もしこの書き置きを読んでいたら、ゆっくり私の家でコーヒーでも飲んでいてください。冷蔵庫の横に、コーヒーメーカーがあります。コーヒー豆は、戸棚の中です。良い豆なので、おいしいです。

さて、今日は誕生日にプレゼントしてもらった鎖かたびらを着ていきます。

恥ずかしいけど、防御力アップで万全です。心配しないでください。

必ずあいつを倒して帰ってきます。

あと、もう気づいていると思いますが、私は山本君のことが好きです。

ファンシーなキャラクターが隅にプリントされている便せんに、絵理ちゃんの綺麗《きれい》な字で、そう書かれていた。

「…………」

オレは階段を駆け下り、靴を履き、外に出た。

自転車に飛び乗った。

目的地のわからぬままペダルを思いっきり踏み込む。スリップして転んだ。アイスバーンに腰を打ち付け、涙目になる。が、すぐに自転車を起こして再び走らせる。

すでに日は暮れかけていて、夕焼けが雪を赤く染めていた。

チェーンソー男が現れるのは、夜の九時から十一時の間。

腕時計を見る。

いまの時刻は五時。まだ四時間ある。それまでになんとしても絵理ちゃんを見つけなければならない。

会社や学校から帰ってくる人たちで、道路は混雑。自転車に乗っているのはオレだけだ。

無謀な雪道自転車全力疾走でオレは走った。

どうして絵理ちゃんは女子高生のくせに携帯電話を持ってないんだ？　そんな理不尽な怒りまでがこみ上げてくる。

オレは自転車をとばした。

街中をかけずりまわった。

脚が重い。心臓が破れそうだ。

気温は氷点下だというのに暑くて仕方がない。着ていたコートは途中で脱ぎ捨てた。

——しかし絵理ちゃんは、どこにもいなかった。

時刻はすでに夜の九時。

日はとっくの昔に落ちている。もうチェーンソー男が現れてもおかしくない時間だ。

駅前の繁華街で、オレは途方に暮れていた。

焦った。

早く見つけなければ。

だけど絵理ちゃんの予知がなければ、チェーンソー男が今夜どこに出現するのかわからない。オレは自転車を降りて、気を落ち着けようとタバコを取り出した。

駅前は賑《にぎ》わっていて、でかいゲームセンターの前で立ちすくんでいるオレの目の前を、たくさんの人が通り過ぎてゆく。

震える手でタバコに火をつけ、考えた。

チェーンソー男の出現には、ある程度の法則がある。ここ一カ月間の戦闘で、オレはそれに気づいていた。

いままでチェーンソー男と三十回以上戦っている。そして、チェーンソー男の出現した場所は、十二カ所しかない。つまりチェーンソー男は、一定の場所に繰り返し出現する傾向があるのだ。だからオレは、チェーンソー男が現れたことがある場所を巡った。それがもっとも効率的に、絵理ちゃんを見つけることができる方法だと信じて。

けど、見つからない。

すでに十二のうちの十カ所を回った。でも絵理ちゃんは、そのどこにもいない。

もしチェーンソー男が現れるのが、いままで出現したことのない新しい場所だったら、
それはアウトだ。

そして、出現したことのある地点だったとしても、残る二つの場所にはもう間に合わない。車で行ったとしても、そのどちらの地点も、ここからでは二時間以上かかる。

どうしようもない。どうしようもなかった。

嫌な映像が頭をよぎる。

絵理ちゃんがチェーンソーに切り刻まれている映像だ。絵理ちゃんがチェーンソー男と勇敢に戦って、それでもどうすることもできずに、バラバラに切り刻まれている映像だ。

頭を掻《か》きむしった。

そして——ふと、思い出した。

いまからでも間に合う場所が、まだひとつだけあった。

それは、オレと絵理ちゃんが初めて出会った場所。下宿の近くの獣道。

いまならまだ間に合う。

自転車なら間に合わないが、バイクならば間に合う。

オレは鞄《かばん》の中からニッパーを取り出した。

狭い路地に入る。

そこはゲームセンターとパチンコ屋の、二輪の共同駐車場だ。

並べて停めてある数台のバイクを、片っ端から確かめた。チェーンなどの鍵《かぎ》が掛かっていないバイクを探すのだ。

と、まもなくその一台を駐車場の隅で発見。

なかなかにボロくて、それでも結構な排気量がありそうな大きなバイクだ。

いつか能登に教えてもらった、バイクのエンジン直結始動を試みる。

コードをニッパーで剝《む》き出しにして、メインコードと電源を繫《つな》ぐ。黄色い火花が散り、ライトがつく。キックペダルを勢いよく踏む。

しかしエンジンは動かない。

あいつは言った。

『赤いメインコードとバッテリーを繫ぎ、キックを入れる。それだけだ』彼はさも当然といった感じで、なんなくエンジンを始動させたものだった。

能登は、『それだけだ』と言った。

それだけなんだろう?

オレはもう一度、重いキックペダルを力一杯蹴《け》り下ろした。

はからずも――エンジンは低い爆音を立てて始動した。

すぐさまバイクにまたがる。

これがアクセル、これがブレーキで、こっちがクラッチ。これでシフト。

運転方法を確かめる。

バイクに乗るのはこれが初めてだった。

だけど、大丈夫。

大丈夫だ。

かるくアクセルを吹かす。

乗り慣れない恐ろしげな乗り物が、ひどい爆音と共にびりびりと震える。

駐輪場にはオレだけがいた。

盗難バイクにまたがって前方を睨《にら》む、オレだけがいた。

どうやら今夜が、決着らしい。それはずいぶんと急な話で、まだまだしばらくは時間が残されているだろうと思っていたオレは、だいぶビックリ、焦ってしまった。

「…………」

だがしかし——

覚悟はとっくに決まっている。

絵理ちゃん。待っていてくれ。

能登。オレを見ていてくれ。

それはあとほんの数瞬後だ。

オレの心臓があと数回鼓動を打ったとき、そのときオレは左手のクラッチを、ほんの僅《わず》かにゆるめるのだ。そうしてオレは、突っ走る。このバカみたいに大きな、身分不相応のバイクにまたがって、オレは絵理ちゃんを助けるために夜の雪道をひた走る。

その先には——おそらく彼が、待っている。

「……いいぜ。ぜんぶ望むところだ」

一際大きく、アクセルを吹かす。

雪が舞い、オレはニヤリと笑ってみる。

「…………」

クラッチを繋いだ。

がりがりと激しく後輪がスリップ。

雪を後方に激しくまき散らしたのちに、しかしタイヤはがっちりと地面をグリップ。

飛び出した。

帰宅ラッシュの公道に、オレはバイクで突っ込んだ。

一斉に鳴り響くクラクション。オレはまったく気にしない。何度かアイスバーンに思いっきり滑りそうになりながらも、しだいにバイクに慣れていく。

風が、痛いほどに冷たい風が、真っ正面からオレの顔を打つ。

オレはアクセルをゆるめない。

繁華街はひどく混雑している。オレは見事にすり抜ける。軽やかに車体を傾け、すり抜ける。

——おっと、ワゴン車のサイドミラーを肩で吹き飛ばしてしまった。『ごめん』と心の中で謝り、オレはさらにアクセルを吹かす。

そして前方には信号が――赤い信号が。

オレはブレーキをかけずに交差点に突っ込む。大丈夫だ。大丈夫なのだ。

オレが死ぬのはここじゃあない。わかっているぜ。なぁ能登。

わかっている。わかっているのさ。

だから待っていてくれ、絵理ちゃん。

もうすぐ行くぜ。もうすぐだ。

オレは絵理ちゃんを助けるぜ。命に代えて、助けるぜ。しかし絵理ちゃんは、助けられたことをありがたがる必要はない。なぜならば、これらはすべて、自分のため。オレ自身のための行動なのだから――

7

繁華街を抜けると、夜道を走る車はめっきり数を減らした。

等間隔で配置されている街灯が、オレの顔に真っ正面から飛び込んでくる雪を、真っ白に輝かせていた。路面も完全なアイスバーンだ。少しでも気を抜くと盛大にすっ転びそうな気配があった。

それでもおそらく大丈夫なのだった。決して事故ることはない。オレはこの道を知っているのだから。街の郊外を走るこの道を、オレは知っているのだから。

数キロ先には、大きなカーブがある。そこにはいまだ破れたままのガードレールと、花束が、ある。

花束が。

そのカーブで死んだ者のために、事故から数ヵ月が経過したいまでも、彼の姉が花を供えているのだ。たまにはプリンと缶ジュースなどのおまけも付けて。

彼は、そこで死んだ。だけどもオレは、ここでは死なない。オレにはまだまだ、続きがある。

オレは目前に迫ったカーブに備えて、アクセルを緩めた。

しかし——

ダメだぜ。と、あいつが言った。

ダメなのか？　と、オレは訊《き》いた。

彼はうなずいた。ならばとオレは、もう一度アクセルを吹かした。

前から後ろへと、呆《あき》れるほどのスピードで街灯が流れすぎていく。

真っ白な雪が、地面と平行に吹き付けてくる。

オレは彼に、訊いた。

しかしこのスピードじゃあ、カーブは曲がれないんじゃないか？

彼は笑ってこう答えた。

大丈夫だ。アウトインアウトのライン取りで突っ込め。

なるほど、と、オレは納得した。

彼の言うことは、いつも理にかなっていた。

彼の言うことは、いつでもオレには、よくわかった。

だからオレは、彼が好きだった。彼に憧《あこが》れていた。

それでもオレにはわかっていた。彼のように振る舞うことは、きっとオレには絶対できない。オレはそのことを、よくわかっていた。

彼は、戦っていたのだ。いつも、戦っていたのだ。彼の相手は、目に見えない、いやらしい、敵だ。

それはおそらく、あまりにも巨大で、やはり誰にも勝ち目のない敵だった。

だからみんなは目を逸《そ》らす。オレも目を逸らす。

しかし、彼は、戦って、そして勝利を我がものとした。この大きなカーブで、見事にガードレールに突っ込んだ。

そうして彼は、もはや負け知らずの、永遠に負けることのないヒーローとなった。

どんな哀しい運命さえも、どれほどに長くダラダラと続く嫌な時間も、もう、どんなに頑張ったって、彼をうち負かすことはできない。

だから、彼は、勝ったのだ。

彼だけは、勝てたのだ。

もっとも当然のことながら、戦いには大きな犠牲がつきものであったが――

「………」

あれは、通夜だった。あの綺麗《きれい》なお姉さんは、ぼろぼろぼろぼろ涙をこぼしていた。それを拭《ぬぐ》おうともせずに、全身全霊で、お前のことを、悲しんでいた。

私のせいね、ごめんねヒロちゃんって、なんどもなんども繰り返していた。あの、お前とは血の繋《つな》がっていないお姉さんが、それはそれは哀しそうで、思わずオレは目を逸らしたよ。なぁ能登。

だけどお前が好きだったのであろう、あのお姉さんのこととかは、しかしやっぱり根本的な問題じゃあないって事を、オレはよくよくわかっている。だから安心していてくれ。

問題は、他にある。そうだったんだろう？

――納得いかないことばかりだ。参ってしまうことばかりだ。

どうしてだ？　そんなのおかしいぜ！　って、なんで誰も叫ばないんだ？

だって、変だろう？　おかしいだろう。だからお前が正しいんだ。

「………」

なぁ、対向車は来ると思うか？

このカーブ、対向車は来ると思うか？

アウトインアウトのライン取り、対向車が来たら、正面衝突だぜ。

といっても、もう取り返しはつかないけどな。いまから急ブレーキかけたって、スリップしてガードレールに突っ込むだけだからな。

だからこのままオレは行くぜ。大きくハングオンして、アウトからインに突っ込むぜ。

対向車は来るか？

来ないよな。

だって、オレが死ぬのはここじゃあないものな。絵理ちゃんが待っているものな。

だから大丈夫だ。

大丈夫だ。

大丈夫なのか？

大丈夫だ！

——ひひひひひ本当に大丈夫だったぜ！

見事に危険なコーナーをクリアだ。このまま一気に突っ走るぜ。絵理ちゃんの待つ獣道へとオレは一気に突っ走るぜ。

だから見ていてくれよ、能登。

なぁ、見ていてくれ。

オレはお前に憧れていたんだ。

お前が死んだあの時から、ずっとお前に憧れていたんだ。

知ってたか？ もう知ってるよな。わかってるよな。


「…………」


お前が死んだあの時は、それはそれはびっくりしたぜ。

朝、教室に入ったら花瓶があってな。その後に臨時の朝会があってな。

あの影の薄い校長がな。体育館でな。『大変悲しいことですが、2年A組の能登弘一君が、昨晩交通事故で亡くなりました』ってな。

なんかのギャグかと思ったぜ、まったく。女子生徒なんかは泣いてたよ。あれはもう、条件反射ってヤツだろうね。バカみたいだったよ、ホントに。

それでもオレと渡辺は、敢《あ》えて黙して語らず、曖昧《あいまい》な笑顔を浮かべていたものだった。

だってそうするしかないだろう。テレビドラマみたいに、お前の席に花瓶なんて置いてあったら、それはもう、笑うしかない。

だけどな、能登。

この話は知ってたか？

その日の放課後だ。オレと渡辺は軽音楽部の部室にいた。

渡辺は言った。

渡辺だ。あの渡辺が言ったんだ。

『俺はよ。三人で、なんかやりたかったんだよ。……どうせ時間はないからな。いまのうちに、なんか、なんかやりたかったんだよ』

その「なんか」ってのがバンドだったってのが、だいぶ笑える話だけどな。それでも渡辺は本気だったみたいだぜ。ちょっと涙目になってたよ。

だけどそれでも、渡辺も成長したらしい。

他人と楽しくやってたって、いつかは必ず終わりが来る。だから一人で、ずうっと変わらない何かを作ろうと頑張り始めた。あれはきっと、そうゆうことだったんだろうとオレは思うぜ。まぁ、あいつのことだから、本当はなんにも考えてないのかもしれないけどな。

そうしてオレの方はと言うと、中途半端にダラダラダラダラ変わらぬ毎日をイライライライラ過ごし過ごして、どうしていいものかさっぱりわからず——だけど、ある日だ。

ついに救いが訪れた。

チェーンソー男だ。

謎の怪人だ。不死身の悪魔だ。本物の、敵だ。

それはなんてわかりやすく、ありがたい、涙の出るような、すんげー最高な救いだったことか。わかるだろう？　お前にならわかるだろう。

オレはすぐさま飛びついた。あぁ、まさしく飛びついたぜ。

だけど途中で、オレは臆病風《おくびょうかぜ》に吹かれた。怖くなった。この先どうなるのか、怖くて怖くてしかたがなかった。

それに——ああ。

オレは、絵理ちゃんが好きだ。だから余計に怖かったんだ。

わかるだろう？　お前にならわかるだろう？

オレには、俺たちには、先が、見える。この先どうなるのか、手に取るように、わかる。

目を逸《そ》らして、短い時間でも浮かれていろ？　そんなのは無理だ。無理に決まってる。

だから転校の話はありがたかった。曖昧な笑みを浮かべたまま、どこか遠いところに行ってしまう。それはとてもとてもモアベターなやり方だと思ったよ。

だけどな。

だけど。

お前の言うとおりだった。

方法は、あるのだった。

最初から、用意されていたのだ。

チェーンソー男。

彼こそがオレの希望だ。

だから見ていろよ、能登。

オレはいままさにチェーンソーでぶったぎられようとしている絵理ちゃんを、かなり華麗に助けるぜ。ちょっとしたヒーローみたいに助けてみるぜ。

もうすぐだ。もうすぐいろいろ、すっきり終わる。オレの勝利は、そこにある。

ヤツには誰も、勝てやしない。

それでも、方法は、ある。

そうなんだろう？　能登。

だから行くぜ。オレは行くぜ。

もう見えたんだ。

すぐそこだ。

路面電車を追い越して、南高方面へと続く、細い脇道へと進入。南高前の通学路を高速で突っ走り、コンビニの角をダイナミックに左折——

そのまま歩道に乗り上げて、誰も住んでいないボロボロの民家の庭先へと突っ込む。

そこが、獣道への入り口だ。

ライトが真っ暗な細い道を照らし出す。

林に遮られて街の灯《あか》りが届かない獣道。絵理ちゃんと初めて出会った獣道。チェーンソー男と初めて出会った獣道。

オレはバイクで駆け抜ける。

彼女はそこに、確かにいた。

蒼《あお》い月光が、見慣れた制服を淡くうっすらと照らしていた。

絵理ちゃん。

しかし林の中には、低い爆音が轟《とどろ》いていた。それはチェーンソーの回転音。

チェーンソー男。

オレは叫ぶ。格好いいヒーローに見えるよう、力の限り、叫ぶ。

「逃げるんだ！　絵理ちゃん」

絵理ちゃんは、ケヤキの木にもたれかかっていた。その足元の雪を、血の赤が点々と染めていた。

チェーンソー男は、チェーンソーを大きく振りかぶっていた。絵理ちゃんの目の前で、高く大きく振りかぶっていた。

オレは目一杯までアクセルを開いた。

絵理ちゃんはオレに気づいて、こっちを見た。

笑っているような、泣いているような、そんな表情でこっちを見ていた。

しかしチェーンソーは高速回転していた。ぎゃんぎゃん音を立てて、きらめいていた。

オレはいきなり恐怖におののく。

間に合うのか？

距離は一向に縮まらない。

バイクは遅々として前に進まない。

進まない。

すべてはスローモーションだった。

舞い散る雪。

風に揺れる制服のリボン。さらさらとなびく絵理ちゃんの髪。

振り下ろされる、チェーンソー。

そんなものが一つ一つ、コマ送りのビデオのように、ゆっくりと、ゆっくりと、オレの目の前で展開していた。

間に合うのだろうか？

チェーンソーが振り下ろされる前に、バイクでチェーンソー男に体当たりしてやる。

しかし、それは間に合うのだろうか？　本当に間に合うのか？

いまや時間の流れは完全に停滞していた。止まった時間の中で、チェーンソーだけが確実な速度で振り下ろされていた。

世界は雪で真っ白だった。

色という色が消え失《う》せていた。

そのすべてが凍り付いた世界の中、絵理ちゃんの足元の雪だけが、彼女の血で、赤い。

チェーンソー男は顔だけをこっちに向けた。

その顔は、やっぱり何度見ても特徴も人間味もない曖昧《あいまい》な表情で、後になると決まって、彼がどんな顔をしていたのか、オレはすっかり忘れてしまうのだった。

真っ黒なコートとチェーンソーだけがくっきりと記憶に残っていて、首から上は、どうしても思い出せない。

もしかしたら、最初から首なんて無かったんじゃあないだろうか。いつもそう思う。

――ああ、そうか。だからチェーンソー男は死なないんだ。だって首がないんだから。

最初から生きていないんだから。

だけど、生きていないものが動き出すのは、それは不条理というものではないだろうか。

そんなことがあっていいものなんだろうか。……なぁ、おかしいんじゃないか?

チェーンソー男は、オレを見つめた。

『この世は不条理だ』

それが彼の返答らしい。

『親しい人は離れていく。愛する人は死ぬ。きらめき輝く、恋も、夢も、春には醜く解ける粉雪』

初めて聞く彼の声は、なぜか懐かしい。

『どんなに素晴らしい恋も、夢も、もっとも大切な輝きさえも、いつかお前は必ず失う。この世は地獄だ。不条理に満ちあふれた永遠の地獄だ』

それは切なく響き渡り、オレはすっかり途方に暮れる。

だが——それでもおそらく、方法はあるのだ。

だからいまこそ、オレは願う。真正面からチェーンソー男を睨《にら》みつけ、心の底から願ってみる。

オレは死んでもいい。絵理ちゃんを助けることさえ叶《かな》うならば、オレはいますぐ死んでもいい。

彼女だけは助けてくれ。オレは死んでもいいんだ。

ここで終わらせてくれるのならば、それは最高のエンディングだ。

だから、お願いだ。

絵理ちゃんを助けてくれ。

できることならば、彼女には優しい幸運を。

これ以上、辛《つら》い目にあわないように、すくすく健康に生きていけるように——

それが無理でも、笑っていられる毎日で——どうか彼女を守ってくれ。

そうしてオレを。

オレを、いますぐ——
それが、オレの、お願いだ。
お前はもう、知っているんだろう？
お前と会った、あのときから、オレの願いはただそれだけ。
だから、叶えてくれ。
オレを、いますぐ
いますぐ
オレを——
オレを、殺してくれ。

チェーンソー男の顔は、やっぱり何度見ても特徴も人間味もない曖昧な表情で、後になると決まって、彼がどんな顔をしていたのか、オレはすっかり忘れてしまうのだった。

しかし、なぜだか、その顔が、そのときオレには誰だかわかった。

チェーンソー男は目を細めた。その皮肉っぽい微笑みを、確かにオレは、知っていた。

『駄目だ。彼女は死ぬ。お前も死ぬ。二人の別れは避けられない運命。しかし、時間はある。残された時間は、長く、短く、どちらにせよそれは哀しみ。

世界は複雑だ。複雑な世界で、お前たちは死ね』

オレは叫んだ。

「お前は――」

＊

それはおそらく一秒にも満たない間のことだった。

瞬きをする間のことだった。

心臓の鼓動一つぶんのその瞬間。その長い一瞬は、唐突に終わった。

バイクの前輪がチェーンソー男の横腹に突っ込み、その反動でオレはバイクから投げ出された。

オレは高々と宙を舞った。

はるか眼下の地面には、猛烈な勢いで雪の上を滑走するバイクと、絵理ちゃんがいた。

空には大きな、月が出ていた。

おだやかな雪の、夜だった。

ヒステリックなエンジン音。

木に何かがぶつかる大きな衝撃音。

そうしてたぶん、オレはあっさり気を失ったのだ。

地面に叩《たた》きつけられるまでの一刹那《いっせつな》、オレはすっかり気を失ったのだ。

——夢を見ていた。

見知らぬ高速道路の夢を見ていた。

それはどこまでもどこまでもまっすぐに続く高速道路。

その道のゆく果ては、だけどまったくよく見えない。薄暗くって、ぼんやり霞《かす》んで、それはまったく、よく見えない。

両脇のガードレール、その向こう側は、完全な闇。その闇は、遥《はる》か彼方《かなた》の地平線までまっすぐ続き、そこで夜空と溶け合っている。

空には月が、昇っていた。

黒い夜空にぽつんと輝くその満月と、道路の中央分離帯に等間隔に並んだ街灯だけが、暗い夜道を白く照らしている。

黒と白の完全なモノトーン。コントラストの低いモノトーン。

そんな見知らぬ高速道路を、オレはバイクでひた走っているのだった。

——この道がどこに続いている？　それは知らない。わからない。だけどどこだって、それは結局、どうでもいい。いままでいたところに比べれば、きっとどこだってマシだろう。

そう思う。

オレには耐えられなかった。いろいろなことが耐えられなかった。楽しいときは、あっさり終わる。好きだった人とは、いつかは別れる。あとには何も、残らない。すべては消えて無くなる。どうしようもない。

そんなのオレには耐えられなかった。我慢ならなかった。

だからなのだろう。

オレがこの道を走っているのは、そんな理由があったからのことなのだろう。

いいぜ。どこまでだって行くぜ。

アクセル、開くぜ。ぶんぶん飛ばすぜ。

——と、いままさにノリにノらんとしていたオレなのだったが、ふと気づくと、オレの隣には併走者がいた。

いつのまにやら隣を一台、ひとりの若者がバイクで走っていた。

その顔は、知っている。ヘルメットを被《かぶ》っていないので、よく見える。

オレは声をかけた。

「よう、能登！　元気だったか？」

「どっちにする？」

能登は進行方向を睨みながら、オレに問いかけた。

「はぁ？　なにが？」

「このまま行くか？　それとも戻るか」

オレは笑顔でこう答えた。

「決まってるだろう。どこまでも突っ込むぜ」

しかし。

あの頃いつも、そうしていたように、能登はニヤリと微笑んだ。

「残念だったな。実際お前には、選択権なんて最初から無いんだ」

「……どうゆう意味だよ」

「お前はダメだよ。お前には方法なんて、どこにも残されていない」

「なんだそりゃ？」

「お前みたいな中途半端な男は、どうしたって、しかたがないんだ」

能登はさらにアクセルを吹かした。

「おい、能登」オレも慌ててそれに倣う。

「無理だよ陽介。俺には追いつけっこない。お前はダラダラするしかない。薄らぼんやりした幸せを楽しむしかない。すぐにでも消えてしまう幸せを、大事に大事にするしかない。お前にはそれが精一杯だ」

かちんときた。腹が立った。

「そりゃあねえだろう！　待てよ！」

能登は答えない。

彼のバイクはどんどんスピードを上げていった。しかしオレの方はと言えば、いくらアクセルを吹かしたところで、一向に彼に追いつける気配がない。

「待てよ！　待ってくれよ！」

叫ぶ。

「オレを置いて行かないでくれ！」

それは惨めな雄叫《おたけ》びだった。

どうしてここにオレがいるのかもわかったし、彼に置いて行かれたその意味も、よくわかった。

猛スピードで遠ざかっていく能登のバイクのテールランプが、滲《にじ》んで、揺れて、輝いている。

そうしてオレの両腕は、ついにハンドルから解き放たれた。

すでに時速二百キロにも到達していたバイクから、オレはゆるやかに投げ出された。

全身に衝撃が走った。

＊

オレは背中から雪の上に叩《たた》きつけられて、もう一度気を失い、それからさらに地面をバウンドして、その痛みで目を覚まし、星の輝く夜空を一瞬目にしたと思ったその時、今度はケヤキの木の根元に後頭部を激しく打ち付け、またもやあっさり気を失った。

ただ、自分の体が雪の上を軽やかに跳ねて、ごろごろごろごろ転がっていったような気がする。

そして気がつくと――仰向けに寝転がっていた。雪の上に、大の字になって転がっていた。

激しく全身が痛んだが、それでも生きていた。

目を開けると、木の枝の隙間から大きな満月が覗《のぞ》けた。

雪も降っていた。

深い藍色《あいいろ》の空から、雪が降っていた。音もなくおだやかに、粉雪が降っていた。

吐く息は白く――とても寒い。背中に入った雪も、かなり冷たい。

バイクの爆音もチェーンソーの駆動音も、聞こえてはこなかった。ただひたすらに寒いだけの、十二月の夜だった。

「………」

おそるおそる体を起こす。

思わず呻《うめ》いた。どこが痛いのかはわからなかった。どこもかしこも痛い。それでも立ち上がることはできた。どこも折れてはいないようだった。

しかし、足は震えていた。足だけではなかった。両の手のひらを見ると、こまかくぷるぷる震えていた。一歩足を踏み出すと、すべって転んで、雪に顔を突っ込んだ。

雪に顔を埋めたまま、震えが治まるのを待ってみた。だけどもやはり、いつまで経っても震えが鎮まることはなかった。

そこでオレは、木の幹に摑《つか》まってもう一度立ち上がり、辺りを見回した。

二十メートルほど向こうで、バイクがひしゃげていた。木にぶつかって、大破していた。バイクが転がっていった跡は、厚く積もった雪が深く削り取られていて、地面の下の土が見えた。

その向こうに、絵理ちゃんがいた。

最後に見た場所で、木の根元にうずくまっていた。

おぼつかない足取りで、よたよたと駆け寄る。

バイクに削られた雪の溝に引っかかって、またもやぶざまに転んでしまった。

すぐに起きあがって、再び走る。

「絵理ちゃん」

返事はない。

絵理ちゃんは右脚の太股《ふともも》から出血していた。オレはいつか彼女にもらったハンカチを、細かく震える手でポケットから取り出し、その傷口に押し当てた。

温かな体温が伝わってくる。

絵理ちゃんは、ゆっくりと呼吸をしていた。気を失っていたが生きていた。

生きていた。

まずは取りあえず怪我をチェックする。

外傷は脚だけで、その出血も大したことはない。すぐにでも止まりそうだ。

その他に目立った傷は無く、頭に怪我をしているわけでもない。脇腹の制服が切り裂かれていたが、その下には――オレは声を出して笑おうとした。本当に鎖かたびらを着込んでいたのだ。

――よくもまぁ、恥ずかしげもなく、こんなモノを着て外を歩けたものである。

オレは笑おうとした。

指を差して爆笑してやろうと思った。

しかし――どうやらそれは、無理だった。泣いていたので無理だった。

いつのまにやら、オレは泣いていた。

オレは慌てて涙を拭《ぬぐ》った。

手の甲で拭った。

なのに涙は、あとからあとから溢《あふ》れてきて、止まる気配を見せなかった。

「…………」

絵理ちゃんの目の前に膝《ひざ》を落とし、雪に、へたりこむ。

結局、方法なんて、どこにもなかった。そう気づいた。

オレは死ねなかった。

いつまでも続く、この毎日に、オレはバカみたいに取り残されてしまったのだ。

堪《こら》えきれない呻き声が漏れていた。声を出して泣くのは、十年ぶりのことだった。

オレは口元に手を当てて、情けない嗚咽《おえつ》を押し殺そうとした。しかしどうにも、それは叶《かな》わなかった。無理だった。気を失っている絵理ちゃんの前にひざまずくようにして、オレはぶざまに泣きじゃくってしまった。こんなのはイヤだった。

だから助けてくれ。そう思った。

これがハッピーエンドか？　そう思った。

こんなののどこがハッピーなんだよ？　ぜんぜん、ダメじゃあないか。

なにひとつ、なにひとつ、事は解決していない。

オレはこんなのイヤだ。

イヤだ。

だから助けてくれ。

誰か、誰かオレを助けてくれ——

しかし、その願いに応《こた》えてくれる者がいないことを、オレは知っていた。

だからひとりで、いつまでも泣いた。
そうしてみじめに泣きじゃくり、ずいぶん時間が、経過した。
耐え難い、喪失感があった。
やりきれない怒りもあった。
雪に覆われた地面を殴り、呻く。
何度も何度も地面を殴る。そのたびに粉雪が舞い散り、オレはますます途方に暮れる。
「………………」
だが、オレは気づいた。
目の前には、絵理ちゃんがいる。気を失ったままの絵理ちゃんがいる。
このままでは凍死してしまうかもしれない。早いところ目を覚ましてやらなければ。
だからオレは、決心することにした。
すやすやと寝息を立てる絵理ちゃんを、そろそろ起こしてやろうと決心した。
見てろよ。そう思った。
そこのお前、バカにすんのもたいがいにしろよ。そう思った。
だから見ていろよ、オレはこれから絵理ちゃんを起こす。
どうやってかって？

方法はどうでもいい。肩を揺さぶったり、頬をぱちんと叩いてみたり、やりようはいくらでもある。

そうして絵理ちゃんは目を覚ます。

『あら、山本くん。助けてくれてありがとう！　すごいわ。私のヒーローよ！』などなど、オレに目を覚まされた絵理ちゃんは、もう、メロメロだ。

オレは涙を拭《ふ》き、絵理ちゃんに言う。

『助かったのはオレのおかげだぜ！　それに感謝して、これからはローキックとかしないようにな』

『ええ、わかったわ山本くん！』

そうしてオレは、すかさず絵理ちゃんを抱きしめる。

がばっと、唐突に、抱きしめる。

そのうえオレは絵理ちゃんの耳元で、勢いにまかせて情熱的に告白してやる。

『好きだ』

『愛してる』

などなど、言葉はどうでもいい。とにかくオレは、そんな適当なことを言ってやる。

いっそのこと、『君を永遠に愛してる』なんて、小学生にも嘘だってわかるバカ台詞《ぜりふ》を吐いたっていい。

で、その告白のあとには激しいキスを、ばしっと一発かましてやるぜ。熱い接吻《せっぷん》だ！
……だからな。見てろよ能登。
オレはこれから絵理ちゃんを起こす。
そうして今後は、いまどきの高校生らしい、最高に爛《ただ》れきった毎日を過ごしてやる。
なぁ。
羨《うらや》ましいだろう能登。
お前はオレが、羨ましいだろう。
そこにいるのか能登？
見ていろよ。
オレを見ていろよ。
ふざけてんじゃねえぞ。
オレが羨ましいだろう？
「……なぁ、能登」
チェーンソー男は、消えていた。
彼はどこにもいなかった。
夜の獣道はとても寒くて、だけど絵理ちゃんは温かい。
オレは空を仰ぎ、叫んだ。

「なぁ能登！」

泣きじゃくりながら、力の限り叫んだ。

「生きているオレが羨ましいだろう！」

その雄叫《おたけ》びは、真っ暗な獣道の隅々にまで響き渡り、そうしてオレは、もういちど涙を拭いた。

冬の夜。

十二月の夜。

雪の降る寒い寒い夜。

チェーンソー男は消え去った。

オレたちは、しかし、それでも、生きていた。

終章

期末が終わり、もうすぐクリスマスが到来する。

オレは渡辺に一脚を返却した。それはもうボロボロになっていたので、やっぱり渡辺は、激しく怒った。

「弁償しろこのバカ！　死ね！　転校してしまえ！」

オレは素直に頭を下げた。

「……申し訳ない。……ところで渡辺よ、お前の新曲、早く聴かせてくれよ。結構楽しみにしてんだぜ」うまい具合に話題をねじ曲げてやることによって、彼はいともたやすく機嫌を直した。単純なヤツで助かったよ。まったく。

で、一緒に下宿の食堂へ夕飯を食いに行く。

コンロでフライパンを返しているお姉さんは、クリスマスソングなんかを口ずさんでいた。

テーブルの真ん中にも卓上クリスマスツリーが飾られていて、ピカピカと豆電球を光らせている。

「はい、できあがり。チャーハン。美味《おい》しいから沢山食べなさいね」

お姉さんは、むやみに大量のチャーハンを皿に盛ってくれた。食べ残すと機嫌が悪くなるので、全部食い尽くすしかない。

「ところでお前、期末どうだった？」

「ああ、オレ、だいぶ酷《ひど》いよ。赤点だけはなんとか回避したけどな。加藤先生の追試のおかげで、まぁギリギリ」

などなど、高校生らしい会話を交わしながら、オレたちは一生懸命に飯を食う。

――と、そんなこんなで、例年とさして代わり映えのしない年末。

冬休みも近い。

皆、浮かれている。

オレも、それなりに浮かれている。


「やっぱりチェーンソー男は消えたのかね。どうなんだろうね」

「わからない。でも、あれから一度も出ないし、出る気配もないわ」

ある日の午後、オレと絵理ちゃんはふたり、街を歩いていた。

「結局あいつは、なんだったんだろうな？」

そう訊《き》いてみたが、やっぱり絵理ちゃんにもわからないらしい。

本当にチェーンソー男は、彼女が以前に言ったような『この世界に哀しみを作り出している悪者』だったのだろうか。だとしたらチェーンソー男が消えたいま、この世界は薔薇《ばら》色《いろ》の楽園なのか。

——そんなことは、やっぱりないよなぁ。

そんなスケールのでかい話ではないと思う。もっと個人的な話だったのだろうと思う。だけども、少なくともオレたちだけは、いままさにハッピーなのだった。だから取りあえず、いまのところはそれでいい。

今日は休日だ。

空はどこまでも澄み渡っていて、オレたちはその青空の下を、てくてくてくてく歩いていた。

オレの右手には紙袋がぶら下がっている。荷物持ちをやらされているのだ。当然、そんなに悪い気はしない。なんといっても、これはデートなのだから。

チェーンソー男と戦うとか、そんな殺伐としたこととは全然関係なく、しごく普通にオレたちはデートしているのだった。

駅前は真冬だというのに若者たちで賑《にぎ》わっていて、オレたちもその一員だ。

デパートの前の広場には、早くも大きなクリスマスツリーが飾られていた。きっと夜になるとピカピカ光ったりするんだろう。

「なあ絵理ちゃん」

「なに？」

「……いや、いい天気だなあ」

「なんなのよ。それは」

特に意味はない。ただ、なんとなく口に出してみただけだ。

本当にいい天気だ。あまりにいい天気で、雪がキラキラと眩《まぶ》しい。

「そろそろご飯食べに行く？」目を細めつつ、オレは訊いた。

「うん」

「何食べる？」

「なんでもいい」

「いや、そうやって選択権を放棄されるのが一番困るんだけど」

「じゃあ、すき焼き」

オレたちはすき焼き専門店に向かった。そのような高級品を食べるなんて、だいぶ財政的に不安だったが、まぁ、今日ぐらいはいいだろう。

「ねえ。そういえば山本くん」

「なに？」

「あのとき。あたしが目を覚ましたとき、何で泣いてたの？」

「あれは……えーと、バイクで吹っ飛んで、後頭部を思いっきり地面に打って、それがもう痛くて痛くて。だいぶ泣けたね。マジで」

「……それに、ごめんね、あの時は。いきなり泣きながらガバッと抱きついてくるから、ビックリして条件反射的にローキックしちゃった」

「あぁ、ついつい、こう、アメリカ映画的な感情表現をしようと思っちゃってさ。いや、絵理ちゃんが無事なのが嬉《うれ》しくて。ホントに無事でよかったよ、うんうん。……ローキックで、大腿骨《だいたい》が破裂したかと思ったけどな」

そのような会話を交わしながら、オレたちはゆっくりと昼飯を食べた。

で、それからぶらぶらと街を歩く。

買い物をして、映画を観て、ゲーセンなんかに寄ったりした。

街はゆっくりと真っ赤な夕日に染め上げられていく。

風は無く、オレたちの息は白い。

ふとチェーンソー男の言葉を思い出した。能登の憎らしい横顔を思い出した。

彼の悲観的な言葉の意味を、オレは知っていた。

だが——だからどうした！　と、オレは空元気に胸を張ってみる。

だから、どうした。

そんなことは知ったこっちゃない。そんなことは……いまはまだ、知ったことじゃない。

だから、そう。

いまこそオレは、笑顔を浮かべる。

笑顔を浮かべ、最高潮に爽《さわ》やかな声で、絵理ちゃんに声をかける。

この一瞬、この一瞬にこそ、重要な秘密が隠されている。気を抜いてはいけない。失敗してはいけない。

あいつをさらに羨《うらや》ましがらせてやるために——オレは真っ正面から絵理ちゃんを見つめる。

「あ、そうだ。絵理ちゃん」できるかぎりの陽気な声で。

「そういえばさ、もうすぐクリスマスだよな」素晴らしくさりげない一言を——

隣を歩く絵理ちゃんは、ちょっと上目使いにオレを見た。

オレの心臓は激しく脈を打ちはじめる。それでもオレは、ポーカーフェイスな笑顔を崩さない。

ともすればうわずりそうになる声を抑え、早口で、言う。

「クリスマスになったらさ。ここのクリスマスツリーを一緒に見に来るなんて、どう？」

「……うん。いいよ」

「で、そのあと、絵理ちゃんの家でパーティーなんてのはどうでしょうか？」

どうだ！　ふたりだけのクリスマスパーティーだぜ！

最高だ！　完璧《かんぺき》だ！　パーフェクトだ！

だから頼むぜ。お願いだ。

オレは祈った。

下心が見透かされないことを。少しでも長くオレたちの楽しい時間が続くことを。

真っ赤な夕焼けに、オレは祈った。

あとがき

とにかく何かを書いてみようと思って、キーボードを叩《たた》き始めた。

もちろんそれは、単なる逃避だったのかもしれない。精神安定のための、自己満足のための、安易な創作活動に過ぎなかったのかもしれない。

事実そのころの僕は、学校を中退したばかりで暇を持て余していた。毎日部屋に閉じ籠《こ》もっていたので、かなりの暇を持て余していた。外に出て働くわけでもなく、何かの目標に向かって邁進《まいしん》したりすることもなく、昼もなく、夜もなく、ひたすらぼおっと部屋に籠もっていた。鬱々《うつうつ》としていた。薄暗い毎日を送っていた。

だからやっぱり、これは単なる暇つぶし、ただの代償行為、かなり無意味な現実逃避だったのかもしれない。あるいは「創作活動に励んでいるんだぜ！　ただの無職じゃないぜ！」というスタイルで、社会に対して言い訳したかっただけなのかもしれない。

だとしても、それでも僕はこの小説が好きだ。

書き始めると、どこからか言葉が湧いてきたのだった。およそ自分のものとは思えない物語が、知らないところから降ってきたのだ。

それは面白い経験だった。脳内麻薬の過剰分泌か、はたまた小説の神様とのチャネリングか、本当のところは自分にもよくわからないが、毎日ひたすらキーボードを叩き続けているうちに、勝手に言葉が湧きあがってきた。それはまるで、書くべき物語が、最初から目の前に用意されていたかのようだった。僕はその物語を、ただ書き写せばいいだけだった。

楽しかった。興奮した。現実にこのようなことが起こりえるのかとショックを受けた。そして、生まれて初めて何かをやり遂げた気分になれた。

だから僕は、この小説が大好きだ。たとえ皆が全員、「こんなのダメだよ」と否定しても、僕はこの小説を愛してやまない。過剰な思い入れがある。さまざまな思い出が付随している。恥ずかしい言葉で言えば、それは青春、つまり青い春の記憶だ。

青いだけあって、とても青くさい。だけど、それでもいい。恥ずかしいことは何もない。顔を赤らめる必要もない。あのころの気持ちは全部本当のことだった。いまではもうよく思い出せないけど、あのとき僕らは、確かに何かと戦っていた。

そんな気がします。

さて、みなさんはじめまして。滝本竜彦と申します。

初めての本の、初めてのあとがきでした。

最後になりましたが、この本に関わってくれたすべての方々に、心からの感謝を。
読んでくれたあなたに、最大限の感謝を。
この場を借りて捧《ささ》げます。
ありがとうございました。

二〇〇一年十月

滝本竜彦

解説

西尾維新

なんというか、たとえば『しあわせとは一体どういうものだろう?』という問いについて考えてみたりすると、考えてみれば考えてみるほどそれ以上に考えてみなくてはならなくて、それでも納得できる答なんてちっとも出るわけがないので更に深く考え込む羽目になり、そんなことは御免だから仕舞いには考えることそのものを放棄することになったりするので割と考え物です。

考え込むというか、落ち込みます。

迂闊《うかつ》な話。

そもそもこんな問いについて思考を巡らすこと自体が、今現在、その時点において、自分が『しあわせ』でない証拠であるといえましょう。頑張り方が分からないと言う人はその時点では大抵の場合頑張っていない人だったりするのと同じです。もし『しあわせ』というものを少しでも心のどこかで感じているのなら、そんな問いが入り込む余地など、心のどこにもないはずです。

しかし、そういう前提を踏まえた上でも案外、面と向かって『あなたに問いたい、しあわせとは何か？』『あなたにとって幸福の定義とはどういうモノになるのか？』と問われたときに戸惑うことなく、胸を張って誇り高く即答できる人というのはかなり限られているようです。それは『しあわせ』という概念が幅広く曖昧《あいまい》にして茫洋《ぼうよう》とした、確固とした形を持たないものであるから、という表面的な理由の他にも、色々と原因があるんじゃないかと思われます。

勿論《もちろん》こんなこと、答なんて出さなくても誰に怒られるってわけでもないんですけれど、しかし、そうはいっても、幸福追求は人間の権利ではなく責務であるという言にのっとって考える以上、生じてしまったこの問いには是非答を見出《みいだ》したいと考えるのが普通でしょう。せめて、一応は。

で、まあ、軽く文献などあさってみたりなんかしますと、往々にして生物というのは、本来的には『生きている』というそれだけのことで幸福感を得ている——ものであるらしいのです。

生きているだけでしあわせ。

馬鹿なそんな能天気な話があってたまるかふざけるなと誰彼構わず怒鳴りつけたくなるような肩透かしの定義ですが、しかしことはそう単純なものではなく、もう少し煎《せん》じ詰めてみれば、要するにそれはごく単純な機構における生物の話であって、人間くらいに色んなモノが複雑化してくると、さすがにもう生きているだけでは満足できなくなるそうです。

とはいえそれでもまだ生まれたばかりの赤ん坊なんかはそのもの『生きているだけでしあわせ』なんだそうで、何かあるとそれがどんな些細《ささい》なことであってもすぐぐずったりすぐ泣いたりするのは、その多幸感からの落差が原因らしいです。子供の内はごくつまんないことであっても熱中できたりする、あんな感覚と根本は同じなのかもしれません。

まあそんな、確認のしようがないような胡散臭《うさんくさ》い話を鵜呑《うの》みにする必要は全くといっていいほどありませんが、しかし確かに、ある程度の年齢になってくれば、人間、生きているだけでしあわせなんてことを言っていられないのは事実。いつしか人は、己自身の幸福、己自身の幸福追求について考え、そして行動を始めます。

きっと。

それもそのはず、生きているということはそれ自体では楽しいことでもないし素晴らしいことでもないし、まして感動的なことでもありません。歴史上、時代を問わず場所を問わず、勿論有名無名を問わず、多くの人が異口同音にこう言っています――『重要なのはどう生きるかだ』と。生まれ持ったその肉体と魂で、一体何を為《な》すのかこそが、生きていることの証明であり、また幸福追求への道であるのだ、と。

生きる意味は己自身で見出せ。

幸福の定義もまた己で決めよ。

とか。

そんなわけで本書『ネガティブハッピー・チェーンソーエッヂ』です。

本書『ネガティブハッピー・チェーンソーエッヂ』の語り部《べ》、主に雪道で自転車を漕《こ》いでいるシーンばかりが印象に強い高校二年生は、その名を山本陽介と言います。ごく普通で何の奇をてらった風もない、多分読み手の中で一人として記憶している者はいないであろうその名前から既に暗示されているよう、彼はありきたりの、平凡な、高校二年生という表現だけで全てを表せてしまうような、その肩書きを引いてしまえば後には何も残らないような、高校二年生です。

そして本書『ネガティブハッピー・チェーンソーエッヂ』におけるもう一人のキーパーソン、セーラー服でナイフを投げ、時には華麗にローキックを繰り出す美少女、雪崎絵理。最初全くの正体不明として（ある意味それはチェーンソー男の存在なんかより数倍、断然正体不明です）、あまりにも嘘っぽく、しかしあまりにも堂々と語られるこの少女は、語り部から『戦士』として表現され、日常には望むべくもない非日常を当然のように体現します。

さて、本書『ネガティブハッピー・チェーンソーエッヂ』は基本的にこの二人の物語、この二人の周辺の物語なのですが、僕がこの物語について語ろうとするときにどうしても注目せざるを得ない、そしてもっとも強調したい点は、決してこの物語は山本陽介と雪崎絵理の、単なるボーイ・ミーツ・ガールのストーリーではないということです。

いや、高校二年生男子と高校一年生女子が出会っているんだからボーイ・ミーツ・ガールであること自体は間違いないんですけれど、でも僕はこの『ネガティブハッピー・チェーンソーエッヂ』という物語は、山本陽介と雪崎絵理、この二人を一緒に考えてはいけない、同様に考えてはいけない物語なのだと思います。

山本陽介と雪崎絵理。

二人の間にはまず何の関係性もありません。

この二人の間には何の因果もないのです。

他人です。

山本陽介と雪崎絵理は同じ高校に通っているわけではないし、バイト先の友達同士でもない、生き別れた兄妹でもなければ共に育ってきた幼馴染《おさななじみ》でもありません。

背景もバラバラ。

共有要素はゼロに近い。

何にもない、何でもない、他人です。

高級霜降り和牛を万引きした帰り道に山本陽介が、雪の中でチェーンソー男の出現を静かに待つ雪崎絵理と出会ったのは（故意に味も素っ気もない表現を選択すればですが）ただの偶然であって、そしてそれ以外のナニモノでもありません。

本書の中の文章をどれだけ探ったところで、行間紙背を如何《いか》に巧みに読み解いたところで、その偶然を必然に転換するだけの要素をピックアップすることは、よほどの牽強付会《けんきょうふかい》をしない限り、不可能です。

だから、僕は、あくまで、彼と彼女、山本陽介と雪崎絵理は別々に語られるべきなのだと思います。

別々に。

二人は正体不明、切っても突いても死なないような『諸悪の根源』、怪物と形容するしかないチェーンソー男と、何度も何度も、『一緒』に戦います。

雪崎絵理が戦う姿は単純に格好いいですし、それをフォローする山本陽介の姿も、格好いいとまでは言えなくても、何のとりえもない平凡な高校二年生が何かに立ち向かう姿には、単純に胸の震えるものがあります。

ただ、読み手はそんな二人の姿を見て『この二人は一体何がしたいんだ？』と、ふと冷静になったときに、そんな風な疑問を抱くことは間違いありません。

戦う姿はそりゃまあ単純に格好いいかもしれないけれど——どうして命を賭《と》してまで、そんな危険物騒極まりない、怪力乱神そのものであるチェーンソー男と、戦わなければならないのか。

その理由について、山本陽介と雪崎絵理は、あまりにも薄っぺらく説明を済ませてしまいます。

『悪と戦ってかっこよく死ねるのなら、オレの人生は、それでオールオッケーなのだ』とか。

『――でね。戦う力が付いたのと一緒に、わかったの。あいつは凄《すご》い悪者で、あたしはあいつの天敵なの。そう、ピンときたのよ。……だからあたしは戦わなきゃならないの』とか。

そんなことを言われたら普通はびっくりします。

けれど、本書『ネガティブハッピー・チェーンソーエッヂ』で描かれている物語を読み進めるにつれて少しずつ――結局のところどんな風に言ったところで、戦う理由について一番最初に説明した、最初から山本陽介と雪崎絵理が、それぞれに赤裸々にしていたこれらの言葉が、上っ面のものではなく――否、上っ面から底の底まで、全くの嘘偽りない本音であるのかもしれない、と、思えてきます。

それが彼らにとっての幸福追求。

しあわせになりたいと望んでの行為だとするにはあまりにもそれは自殺行為で、周囲の人間からすればやっぱり何をやっているのか全然分からないけれど、でも、考えてみれば、そんなのは山本陽介と雪崎絵理に限った話じゃなく、誰だって本当は似たようなものなのかもしれません。

手探り。

手詰まり。

試行錯誤。

暗中模索。

そして、五里霧中。

それは悪あがきと表現するよりは、きっと負け惜しみと表現するべきものなのかもしれませんが——とにかく、山本陽介はそうしなければならなかったし、雪崎絵理も、そうするしかなかった。

そういうことなんだと思います。

大体どうでしょう、この世界という奴は何をするにあたっても結構どうしようもないようにできていて、大抵の場合最初から誰の前にだって選択肢なんてのはほとんどありません。

そうじゃなく、本当は生きる上において選択肢なんて考え方自体が滅茶苦茶おかしいはずなんですけれど、しかし、大抵のことは、もうあらかじめ決まっちゃっています。

山本陽介の言うよう、世の中は複雑です。

人間みたいに複雑です。

複雑で——だからこそ単純。

単純ゆえに、やりにくい。

分かりにくくて、分かり易い。

分かり易いから——複雑です。

しあわせになる方法なんて一つもないとでもいうように、どんな風に何をしてもうまくいかず、どんな風に何をしても思うようにならず、どんな風に何をしても大したことにもすごいことにもならず——なんだか、とにかくいっぱいいっぱいに、表面張力一杯に溢《あふ》れそうなやりきれない感じだけが、無意味に胸の中にあるような、そんな世界。

正体不明。

チェーンソー。

長いコート。

不死身の怪物、チェーンソー男。

だからチェーンソー男に立ち向かうことは、山本陽介と雪崎絵理にとって、幸福追求の手段であることは間違いないでしょう。

それが異常に否定的で後ろ向きな、えらく大雑把でいびつなしあわせの形だったとしても。

ただ——だから、ここで考え違いをしてはならないのは、山本陽介と雪崎絵理との、決定的な差異なのです。

チェーンソー男に対し、二人は一緒に戦ってはいるけれど——決して同じ目的を共有しているわけでも同じ思想が共通してあるわけでもありません。

強いて、しかも分かり易く、直截《ちょくさい》的に打ち砕いて言うならば――ナイフ使いでセーラー服の戦士、雪崎絵理がチェーンソー男を打破することを目的としているのに対し――語り部《べ》の高校二年生、山本陽介は、チェーンソー男との戦いそのものを望んでいるようだ、ということです。

チェーンソー男に命がけの戦いを挑むというのは、雪崎絵理にとっても山本陽介にとっても、同じくらいの危険を孕《はら》んだ無謀ではあるけれど――雪崎絵理は山本陽介よりずっと積極的だし、山本陽介は雪崎絵理よりずっと消極的なのです。

積極的な雪崎絵理。

消極的な山本陽介。

それは無視できない差異です。

雪崎絵理にとっての『しあわせ』がチェーンソー男の存在をこの世界から消してしまうことだとしたら――山本陽介にとっての『しあわせ』はチェーンソー男と戦うこととその続きだったのではないでしょうか。

だからこの二人は、あくまで別々なのだと、僕はそう思います。

したがって、彼らに対し、簡単に言っていい言葉など一つだってないのです。

たとえ彼らがしあわせを手にしたところで。

本書は二〇〇一年十二月に刊行された
小社単行本を文庫化したものです。

ネガティブハッピー・チェーンソーエッヂ

滝《たき》本《もと》竜《たつ》彦《ひこ》

角川文庫 13387

平成十六年六月二十五日 初版発行
平成二十年三月 五 日 十四版発行

発行者―井上伸一郎
発行所―株式会社角川書店
東京都千代田区富士見二―十三―三
電話・編集 (〇三)三二三八―八六九四
〒一〇二―八〇七八
発売元―株式会社角川グループパブリッシング
東京都千代田区富士見二―十三―三
電話・営業 (〇三)三二三八―八五二一
〒一〇二―八一七七
http://www.kadokawa.co.jp

印刷所―暁印刷 製本所―本間製本
装幀者―杉浦康平

た 48-1 ISBN4-04-374701-2 C0193

角川文庫発刊に際して

角川源義

第二次世界大戦の敗北は、軍事力の敗北であった以上に、私たちの若い文化力の敗退であった。私たちの文化が戦争に対して如何に無力であり、単なるあだ花に過ぎなかったかを、私たちは身を以て体験し痛感した。西洋近代文化の摂取にとって、明治以後八十年の歳月は決して短かすぎたとは言えない。にもかかわらず、近代文化の伝統を確立し、自由な批判と柔軟な良識に富む文化層として自らを形成することに私たちは失敗して来た。そしてこれは、各層への文化の普及滲透を任務とする出版人の責任でもあった。

一九四五年以来、私たちは再び振出しに戻り、第一歩から踏み出すことを余儀なくされた。これは大きな不幸ではあるが、反面、これまでの混沌・未熟・歪曲の中にあった我が国の文化に秩序と確たる基礎を齎らすためには絶好の機会でもある。角川書店は、このような祖国の文化的危機にあたり、微力をも顧みず再建の礎石たるべき抱負と決意とをもって出発したが、ここに創立以来の念願を果すべく角川文庫を発刊する。これまで刊行されたあらゆる全集叢書文庫類の長所と短所とを検討し、古今東西の不朽の典籍を、良心的編集のもとに、廉価に、そして書架にふさわしい美本として、多くのひとびとに提供しようとする。しかし私たちは徒らに百科全書的な知識のジレッタントを作ることを目的とせず、あくまで祖国の文化に秩序と再建への道を示し、この文庫を角川書店の栄ある事業として、今後永久に継続発展せしめ、学芸と教養との殿堂として大成せんことを期したい。多くの読書子の愛情ある忠言と支持とによって、この希望と抱負とを完遂せしめられんことを願う。

一九四九年五月三日